KEITAI
SHOUSETSU
BUNKO
SINCE 2009

16歳の天使
～最後の瞬間まで、キミと～

砂倉春待

○ STARTS
スターツ出版株式会社

16歳。
初めて恋を掴んだ。
お願い、神様。
私の初恋を殺さないで。

contents.

第1章 first angel

残された時間	8
閉じ込めた記憶	30
オレンジ色の背中	43
優しくて残酷(ざんこく)な嘘	57
2つの温もり	79

第2章 second angel

ジレンマを抱えて	102
果たせない約束	116
重なる熱	148
自分勝手な恋心	181
青天の霹靂(へきれき)	203

第3章　third angel

最後の瞬間まで	236
終わりを告げるホイッスル	256
キミが流した涙	277
16歳の天使	302
あとがき	322

第1章
first angel

◊

残された時間

　私の命には、期限がある。
「やっとお昼だねー」
「お腹すいたぁ」
　4時間目の数学の授業が終わり、クラスメートの声やイスを移動させる音で教室が一気に賑やかになる。
　その様子を横目に机の横にかけていたお弁当を手に取ったとき、視界の端に人影が現れた。
「あの、早坂さん」
　唐突に名前を呼ばれて顔を上げると、2人の女子生徒が立っていた。
　それぞれの手には、かわいらしいランチバッグ。
「よかったら、一緒に食べない？」
　少し照れくさそうに、右側に立つ小柄な女の子が言う。
　勇気を出して声をかけてくれたということは、すぐにわかった。
　でも……。
「……ごめんね、遠慮しとく」
　無意識のうちに、チェック柄のスカートを握る手に力がこもる。
　私の返答を聞いて、今度は左側に立つスレンダーな女の子が慌てたように声を発した。
「そ、そっか！　ごめんね、急に」

謝らなくていいのに。謝らなきゃいけないのはこっちのほうなのに。
　きっと裏のない優しさを、跳ねのけることしかできなくてごめんなさい……。
　彼女たちの顔を真っ直ぐに見れず、自分がどんな表情をしているかもわからないまま席を立つ。
　自らが作り出してしまった気まずい空気から逃げるように、私は教室を飛び出した。

　【在室中】と書かれた札がかかっているスライド式の扉をノックし、返事を待ってから開ける。
　中に入ると、開いた窓から吹き込む風にふわりと髪をなびかせた、養護教諭の松風先生が私を出迎えてくれた。
「あら、早坂さん。どうかした？　体調悪い？」
「あ、いや、そうじゃなくて……。ここでお昼食べさせてもらいたくて」
　松風先生の少し驚いたような顔は、すぐに柔らかい笑みへと変わる。
「どうぞ。ありがたいことに暇だったから、話し相手になってもらおうかな」
　快く迎え入れてくれた松風先生に感謝しつつ、保健室の中に足を踏み入れた。
「ここ、座って」
　書類がたくさん並べられた机のそばに、自分のとは別にイスを持ってきてくれた先生が、私を手招きする。

言われるままそこに座ると、先生もくるくると回転するイスに腰を下ろした。
「今日、暖かいねぇ。私、さっきちょっと寝ちゃった」
「……いいんですか、生徒にそんなこと言って」
「よくないね！　他の先生に知られたら、職務放棄だーって怒られちゃうかも」
　試行錯誤して自分で作ったお弁当を広げながら先生をうかがうと、先生は口を大きく開けて笑う。
　美人なのに、豪快だ。
「……聞かなかったことにしたほうがいいですか？」
「あははっ、いいよ。早坂さんはペラペラしゃべったりしないでしょ」
　どこにそんな根拠が、と問いたくなったけれど、口には出さないでおく。
「言う相手がそもそもいないですからねー」
　ちょっと焦げてしまったウインナーを箸で突きながら、なんでもないことのように言った言葉。
　笑い飛ばしてくれるだろうと軽い気持ちで投げかけたのに、先生はそれを重く受け取ったらしい。
　私たちの間に沈黙が流れてから、しまった、と思った。
「な、なーんて……」
「それでいいの？」
　逃げようとしたら、先生の澄んだ目に捕まった。
　自分で撒いた種だから、文句は言えない。
　先生は、早い口調で言葉を続ける。

第 1 章　first angel

「ごめん、いろいろな葛藤のうえで決めたことだって、わかってるの。でも、今のままじゃ……」

　立場上、私が抱える事情をすべて知っている松風先生。

　私のことを本気で心配して、そう言ってくれていることはわかってる。

　初めて会ったときに『いつでも頼ってね』と言ってくれたから、今日だって私は先生の元を訪れた。

　でも……。

「心配してくださって、ありがとうございます。けど、いいんです」

　ふっと目を細めて、窓の外に視線を移す。

　高校の入学式から、早１週間。

　薄紅色の花を咲かせていた桜はとっくに散った。

「１人でいるって、私自身が決めたから」

　私、早坂由仁には、もう時間がない。

　もって夏まで。

　——これは、私の命に言い渡されたタイムリミットだ。

　めまいや吐き気、頭痛を自覚するようになったのは、中学２年生の秋ごろだった。

　ただの風邪だと思い込んでいたことに加え、所属していたバスケットボール部の活動で忙しかった私は、すぐに医療機関を受診せず、騙し騙し毎日の生活を送っていた。

　しかし、３年生として迎えた始業式の朝。

　私を起こしたのは、聞き慣れた無機質なアラームの音で

も少しの怒りを含んだお母さんの声でもなく、いつもより遥かに激しさを増した頭部の痛みだった。

ズキズキしているのか、ガンガンしているのか。あるいは、その両方なのか。

もはやそんな判別をすることもできず、ただ手放してしまいそうになる意識を繋ぎ止めるのに必死だった。

痛い。苦しい。

朦朧とする意識の中、出し得る限りの声ですがるように叫んだ。『助けて』って。

『由仁!?』

私の叫び声を聞きつけて扉の向こうに現れたお母さんが、取り乱した様子で私の名前を呼んだ。

だけど、時間がたつにつれて強くなっていく痛みのせいで、お母さんの問いかけにも応えることができなくて。

遠くでサイレンの音が聞こえたのを最後に、意識はついに私の手をすり抜けた。

再び目を覚ましたとき、真っ白で高い天井が一番に目に飛び込んできて、そこが自分の部屋でないことを悟った。

それに次いで霞む目がぼんやりと捉えたのは、私の顔を覗き込むお父さんとお母さん、そして大学生のお姉ちゃんの姿。

家族3人、揃いも揃って悲痛な表情を浮かべていて、嫌な予感が背筋を冷たく流れた。

そして、その嫌な予感は無情にも的中してしまった。

悪性の脳腫瘍。

第1章 first angel

　それが、白衣を着た先生から告げられた診断結果。
　かなり進行していてとても深刻な状態であると、先生は続けて言った。
　信じられなかった。
　だって、つい昨日まで、普通に部活に行ってコートを走り回ってたよ、私。
　きつい練習を終えて、『春休みが終わっちゃうの嫌だねー』なんて言いながら、同級生や後輩たちと大きな口を開けて笑い合ってたんだよ？
　そんなの、信じろって言うほうが無茶だよ……。
　突きつけられた現実を他人事のように捉えることしかできない私を置いて話はどんどん進んでいき……気がついたころには、入院しながら治療を進めていくことが決まっていた。

　一時帰宅さえも認められることなくスタートした、入院生活。
　なんだか、不思議な感覚だった。
　馴染みのないベッドの上に当たり前のように自分がいて、これまた当たり前のように看護師さんが様子を見に来ることが、不思議でたまらなかった。
　自分が、病気を患った人の役を演じる女優にでもなったかのように感じた。
　よくできた夢であればいいと何度も思った。
　だけど、点滴を刺す瞬間の痛みは間違いなく本物だし、

決まった時間に出されるご飯も、味気なくておいしくない。
これは紛れもない現実なんだと、少しずつ理解しはじめた。

　入院生活がはじまって数日が経過したころ。
『明日は先生と話があるから、お父さんと一緒に少し早めに来るね』
　前日にそんな言葉を残して帰っていったお母さんが来る気配は一向になく、暇を持て余していた私は院内を散歩することにした。
　ナースステーションの前を通って、顔見知りになった看護師さんと言葉少なに挨拶を交わす。
　行くあてもなくフロアを彷徨った末、購読している雑誌の最新号を買いに行こうと１階にある売店に向かうことにした。
　エレベーターを目指して歩いていると、通りすぎた談話スペースによく知る背中を見たような気がして、２、３歩、動画を逆再生にしたような形で戻る。
　お父さんと、お母さん。
　病室に来ないで、こんなところで何してるの。
　言おうとした言葉は、お母さんが漏らした嗚咽によって喉の奥に引っ込んだ。
『病室に行くのが怖いの……。だってあの子、きっとすぐにいつもどおりの生活に戻れると思ってる』
『母さん……』
『なんで、こんなに悪くなるまで気づいてあげられなかっ

たんだろう……!』
　自責の念に駆られたようなお母さんの涙混じりの声は、聞き耳を立てていた私の心を容赦なく貫いた。
　あぁ、そうか。私、病気なんだ。
　一瞬、変に冷静になった私の中で、ストン、とその事実が落ちた。
　フラフラしたり気持ち悪かったり頭が痛かったのは、風邪のせいじゃなく、病気だったからなんだ。
　だから家には帰れないし、面倒だと思っていた学校にも行けない。
　きつい練習メニューをこなすことも、チームメートたちとバカなことして笑い合うことも、もう。
『……っ』
　つうっと、一筋の涙が火照る頬を冷たく伝う。
　受け入れられずにいたことたちが、容赦なく頭の中に流れ込んでくる。
　このとき、ようやく自分が置かれている状況を本当の意味で理解した。
　これは現実なんだって頭ではわかっていながらも、心が追いついてなかったんだ。
　お父さんたちに気づかれないようにその場を離れた私は、ベッドに戻って布団を深く被った。
　それから、たがが外れたように泣いた。
　個室ではなかったので誰かいたんだろうけど、そんなことを気にしている余裕なんてなかった。

つい最近まで、どこにでもいる普通の女の子だったのに。
　友達の好きな人や彼氏の話で盛り上がって、いいなぁ私も好きな人が欲しいなぁって羨んで。
　学校で禁止されている買い食いをするのが、練習終わりの楽しみで。
　部活がオフの日は、オシャレして街へ繰り出した。
　そんなありふれた日常が、私の前から泡のように消えていく。
　辛かった。苦しくて悔しくて胸がはち切れそうだった。
　なんで私なの。
　なんで私の脳に巣食う悪魔は、私の命を蝕もうとするの。
　毎朝、アラームをかけた時間に起きられないのが悪かった？　1日1個って言われていたアイスを、隠れて2つ食べたのがいけなかった？
　だったらもう、そんなことしない。
　お母さんに起こされる前に起きるし、アイスだって我慢する。
　家事の手伝いだってちゃんとするし、お姉ちゃんとケンカもしない。
　どんなに嫌なことでも、なんだってするから。
　だから神様、私に日常を返してよ……！
　たくさんの涙がシーツにシミを作った。
　でも、どれだけ泣いても、病気であるという事実は消えてくれなかった。
　ひとしきり泣いたあと、無理して作ったような笑顔を浮

かべて病室を訪れたお父さんたちと、主治医の先生から今後の方針と治療に関する説明を受けた。

翌日から開始された治療には、想像を遥かに絶する苦しみが伴った。

ご飯は喉を通らないし、食べられたとしてもすぐに戻してしまう。

何より一番辛かったのは、抗がん剤の副作用のせいで髪が抜け落ちてしまったことだった。

色素の薄い自慢の髪がするりと指の間を抜けたのを見たとき、あまりのショックに声が出なかった。

お母さんから、入院しているのを知った友達がお見舞いに来たがっているということは聞いていた。

でも、彼女たちの記憶の中にある自分と今の自分は、あまりにかけ離れすぎていた。

衰弱した姿を見られるのが嫌で、私はそれを拒んだ。

入院生活がはじまって1ヶ月ほどがすぎたある日、バスケの強豪校への推薦の話が白紙になったと聞いた。

小学校からバスケを続けてきた私が、どうしても行きたかった高校。

2年生の終わりに声をかけてもらったときは、本当にうれしかった。

けれど、度重なる苦痛に心が壊れていた私は、部活の顧問から電話で聞かされたというお母さんの話を、淡々と受け入れた。

病院という鳥カゴの中で治療の効果をあまり感じられないでいるうちに、春が終わり夏もすぎた。

　見慣れた窓の向こう、遠くに見える山が赤やオレンジに色づいてきたころ、最新の検査結果が出た。

　そのうえで病状について説明する場を設けさせてほしい、とお母さんに言った先生の言葉に、私は飛びついた。

　同席することを望むと先生もお母さんも渋ったけれど、自分の体のことはちゃんと知っておきたいと食い下がって、なんとか了承を得た。

　そして数日後。

　どこか冷徹さを感じる部屋で、お父さんとお母さんの間に座り、険しい顔をした先生と向かい合った。

『由仁さん自ら、この場に同席することを望まれましたが、この場ではっきりと申し上げてもよろしいでしょうか』

　検査結果は、決していいと呼べるものではなかった。

　ううん。結果なんか見なくたって、病気が進行していることは自分自身が一番よくわかっていた。

　だからこそ、包み隠さずに言ってほしい。

　隠されたまま治療を続けるなんて、嫌だもん。

『はい』

　気持ちが伝わるように真っ直ぐに見据えて頷くと、先生は諦めたように視線を落とした。

　与えられた最後の逃げ道が絶たれた瞬間だった。

　そして、先生の重い口が再び開かれる。

『さまざまな治療を行ってきましたが、大きな効果は見ら

れず……。現在投与している薬はもっとも強いものなのですが、これもあまり効果を望むことはできません』

 両隣で、2人が息をのんだ気配がした。

 このあとに続くだろう話の内容を無意識のうちに予想してしまい、それを必死に振り払う。

 けど……。

『……もって、来年の夏までかと思われます』

 振り払ったはずの予想は、先生の声に乗って結果として突きつけられた。

 来年の夏。

 はっきりと言い渡された、命の期限。

 左隣で、お母さんがわぁっと泣き崩れた。

 俯(うつむ)いているお父さんの顔は見えなかったけど、膝(ひざ)の上に置かれた拳(こぶし)は微(かす)かに震えていた。

 余命宣告なんて、ドラマや映画の中だけに存在するものだと思ってた。

 でも、これがフィクションなんかじゃないことは、とうの昔から知っている。

 私、死ぬんだ。

 きつい治療に耐えてきたかいもなく、息絶えるんだ。

『……っ』

 "死"が現実味を帯びて背後に迫り、その恐怖から手足の指先が冷たくなっていくのを感じる。

 鼻の奥がツーンとしたけど、自分が知ることを望んだのだからと、ギリギリのところで涙は堪(こら)えた。

怖い。怖くて仕方ない。

だけど同時に、どこか冷静にそれを受け入れている自分もいて。

あぁ、やっぱりそうなんだ。

湧き上がる恐怖の隙間で、無意識のうちにそんな予感がしていたことを知る。

『……これからは、回復を目指すのではなく、命を少しでも延ばすための治療に切り替えることになります。残りの時間をどう過ごすのか、一度、ご家族で話し合ってみてください』

沈痛な面持ちのまま言い終えた先生は、私たちに深く頭を下げてから部屋を出ていった。

『うぅ……っ』

家族3人で残された部屋に、お母さんの泣き声だけが静かに響く。

お父さんもまた、肩を震わせながら声を押し殺して泣いていて、私はただ呆然と、その姿を眺めていた。

それぞれが憔悴しきっていたため、その日のうちに今後について話し合うことは叶わなかった。

2人が帰ったあと、いつかと同じように布団に潜った私は、おぼつかない足取りで帰っていった2つの背中を思い出していた。

仕事で疲れているにもかかわらず、早く帰ることができた日や貴重な休みの日には、必ず会いに来てくれたお父さ

ん。
　ここ数ヶ月の間に、真っ黒だった髪にたくさんの白髪が混じるようになったよね。
　それは、相当無理してくれていた証拠だ。
　毎日のように私の元を訪れてくれていたお母さん。
　家と病院を行き来するだけでも大変なはずなのに、お母さんの笑顔は絶えなかった。
　私の心を照らしてくれたその笑顔の裏で、いったい、どれだけの涙が流されていたんだろう。
　お姉ちゃんも、許す限りの時間を私に費やしてくれた。
　学校に行けない私に勉強を教えてくれたり、髪が抜けてしまった私にかわいい帽子をプレゼントしてくれたね。
　会う時間を作れなくなり、高校生のときから付き合っていた彼氏とダメになってしまったこと、知ってるんだよ。
　私の病気が、病気になった私が、大好きな３人を苦しめている。
　きっとこれからは、もっと苦しめてしまうことになるんだろう。
　そんなの……私には耐えられない。
　そっと目を閉じると、まぶたの裏に浮かび上がったのは、病気が発覚してから過ごした日々のこと。
　悪性の脳腫瘍だって診断されて、学校に行けなくなって、大好きだったバスケを失った。
　体調がすぐれないときは真っ直ぐ歩くことも困難だったし、ご飯だって食べられなかった。

苦しかった記憶ばかりが、走馬灯のように頭の中を駆け巡る。
　辛い治療に耐えて、それでも神様は私の手を取ってはくれなかった。
　疲れちゃったよ。楽になりたいよ。
　たくさん、たくさん頑張ってきたもん。
　もう……解放されてもいいよね？
　最後くらい、普通の女の子に戻りたい。
　そう思ったとき、答えは案外あっさりと出た。

　先生との面談から2日がたち、私は家族3人を病室に呼び寄せた。
　視線は床に落としているお父さんとお母さんは、揃って眉間(みけん)に深いシワを刻んでいる。
　お父さんたちから話を聞いたのか、お姉ちゃんまでもが暗い表情を浮かべていて、心がぎゅうっと締めつけられた。
　私のせいでそんな顔をさせちゃってごめんね。
　でももう、終わらせるからね。
『私、延命治療はしたくない』
　私の言葉を聞いて、みんなが弾かれたように顔を上げる。
　口を開いたのは、お父さんだった。
『なっ、何を……！』
『残り少ない時間を辛い治療に耐えながら過ごすなんて、嫌なんだもん』
　管に繋がれて生き長らえることに、私は意味を見出(みいだ)せな

いから。
『最後くらいは薬に苦しめられたくない。これから歩むはずだった人生を生きたい。……だから、お願いがあります』
　今から口にすることは決して常識的ではないし、反対されることは目に見えている。
　だけど私は、どうしても言わなくちゃいけない。
　きゅっと唇を結んでから、意を決して再び口を開いた。
『県外で、1人暮らしをしながら高校に通わせてほしいの』
　個室じゃないから、すぐそこに人の気配がある。
　病室内で交わされている会話だってある。
　だけどこのとき、私たちが作り出していた空間に、音は存在しなかった。
　少しして、ハッと我に返ったお母さんが声を荒げる。
『こ……こんなときに、バカな冗談はやめてちょうだい！』
『病室だよ、トーン落として』
『だって……！』
『冗談でこんなこと言ったりしない。私は本気だよ』
　強く言い切った私を前に、3人は言葉を失っている。
　そうだよね。いきなりこんなこと言われたって、理解できないよね。
　私だって、もし逆の立場だったら同じ反応を見せていると思う。
『中学校を卒業したら、ほとんどの子は高校に行くわけでしょ？　お姉ちゃんもそうだったし、私も当然そうなんだと思ってた』

推薦の話をもらっていた、あの学校の制服に袖を通すことが夢だった。
　今となっては、もう叶わないけれど。
『なのに、高校どころか、中学校ですら3年生になってからは一度も行けてなくて』
　修学旅行や、体育祭。たくさんの思い出を、大好きな友達と作っていきたかった。
　大人になったら一丁前にお酒を交わしたりしながら、あぁこんなこともあったねって、二度と戻らない時間を振り返りたかった。
『普通に学校に行って授業を受けて、たまに先生に注意されちゃったりしてさ。そういう何気ないことが本当は何よりも幸せだったんだって……今ならわかるんだ』
『由仁……』
『だからね。どうしてももう一度、普通の女の子だったころと同じように、学校に通いたいって思ったの』
　ぽろり、1粒。大粒の涙が、お姉ちゃんの滑らかな頬を転げ落ちた。
　ダメだよ、お姉ちゃん。きれいなパールピンクのアイシャドウが流れちゃうよ。
『……お前が高校に通いたいという気持ちは、よくわかった』
『あ、あなた……!?』
『でも、なんで県外の高校なんだ？　家から通える範囲にも、高校はたくさんあるだろう』

お父さんから投げかけられた質問は想定内のもので、それに対する答えも予め用意していた。
『誰も、私を知らないところに行きたいんだ』
『え……？』
　どういうこと、とそれぞれの目が問いかけていた。
　布団を握っている手に力が入るのを感じながら、それでも視線はそらさなかった。
『私ね、自分で言っちゃうけど、学校の中では結構有名なんだよ。大会を勝ち上がっていく女バスの中でも、群を抜いてうまかったんだから！』
『由仁……』
『そんなやつがさ、いきなり学校に来なくなるなんて、怪しいじゃん。何かあるって、みんな勘繰るに決まってる』
　そして彼らは、いずれ何らかの答えを導き出すだろう。
　それは、想像の域を超えないかもしれない。
　あるいは、どこからか漏れた真実かもしれない。
　でも、そんなのはどっちだっていい。
　好奇の対象となった噂は、きっと際限なく広がっていく。
『家から通える高校はあるけど、同じ中学校の子が進学するかもしれないでしょ？　そしたら、私がずっと休んでいたことが広まっちゃうかもしれない』
『それは……』
『仮に同じ中学校の子がいなかったとしても、友達の友達とか……このあたりの学校だったら、いくらでも繋がれる』
　束の間の日常を同情の目で見られながら過ごすなんて、

まっぴらだ。
『だからって、何も1人暮らしなんてしなくても……』
　涙で濡れたお母さんが、消え入りそうな声で言う。
　そうだよね。究極を言ってしまえば、家族全員で引っ越すことだってできる。
　余命わずかな娘を、1人で生活させたりはしないだろう。
　だから、ここからが一番大事。
『私、次女じゃんか。お姉ちゃんとは年もちょっと離れてるし、3人にはずっと甘やかしてもらってたなーって思うんだ』
　料理だってほとんどしてこなかったし、洗濯機を回したこともお風呂(ふろ)掃除をしたこともない。
　家族がいなきゃ何もできないような、そんな甘えた子どもだった。
『だから、身のまわりのことを全部しなくちゃいけない環境に自分を置きたい。最後くらいは、自分の足で立ってみたいの』
　お父さんもお母さんもお姉ちゃんも、そんなに顔をくしゃくしゃにして泣かないでよ。
　なんて、視界を滲(にじ)ませている私が言っても、しょうがないかな。
『今まで、いっぱいワガママ言ってきてごめんなさい。でも……これで最後にするから』
　正真正銘の、最後のワガママだから。
『お願いします。私の願いを……叶えてください』

おでこに布団がついちゃうくらい深く頭を下げて、望んだ願いは、最終的に聞き入れられた。

　このときに伝えたことは、すべて本心。
　でも、言わなかったことが2つある。
　1つ目は、1人暮らしを望んだもう1つの理由。
　苦しめて、悲しませた。そんな家族に、私の死を受け入れる準備をしてほしい。
　私のいない生活に慣れて、私が本当の意味でいなくなったときの悲しみが軽減されればいい……。
　そう思って、1人暮らしをしたいと言ったこと。
　そして2つ目は、高校では極力1人でいるつもりだということ。
　普通の女の子として過ごすことを望んだけれど、私の命が風前の灯である以上、病気が発覚する前とすべて同じというわけにはいかない。
　死んでしまうことがわかってるのに誰かと距離を縮めるなんてできないから、心を殺して1人でいることを決めた。
　1つ目のことを言わなかった理由は、怒られることが目に見えているから。
　2つ目は、高校に行くことを反対されると思ったから、言わなかった。
　そして、これからも言うつもりはない。
　俗にいう"墓場まで"というやつだ。

それからすぐに先生とも話をして、延命治療を受けない意思を伝えた。
　学校に行きたいと思っていることも一緒に伝えると先生は眉根を寄せたけど、薬の投与をやめて体調が安定したら、と言ってくれた。
　薬を飲まなくなると、毎日のように苦しめられていた吐き気などは一切しなくなり、表面上は元気になった。
　それを報告すると、やっぱり眉間にシワを刻みながらも学校に行くことを認めてくれた。
　退院して家に帰っても学校には行かなかったけれど、担任の先生に何度か家に来てもらって、通う高校のことを話し合った。
　お姉ちゃんに勉強は教わっていたから、学力的にはなんの問題もない。でも、３年生の内申点がないからランクは下げざるを得ない。
　たくさん話し合って、受ける高校を決めた。
　近くに大きな病院がある、隣の県の学校だった。

　１月に出願をして、あっという間にやってきた入試の日。
　治療をやめてから髪の毛はまた生えてきていたけれど、十分な長さじゃなかったから、ウィッグを被って試験を受けた。
　１週間後に家に届いた封筒に入っていた合格通知を見たときは、飛び跳ねて喜んだ。
　祝福してくれたお父さんたちの表情が一瞬陰ったのを私

は見逃さなかったけど、気づかなかったふりをした。
　そうさせているのは私だと、痛いくらいにわかっていたから……。
　合格通知が届いた数日後。
　お父さんに車を出してもらい、学校の最寄り駅の近くにある不動産屋さんを訪れた。
　紹介された物件を体調と相談しながら何軒か見て回り、余生を過ごす場所に決めたのは２階建ての白いアパート。
　徒歩圏内に学校が、電車で３駅のところに病院があることが最大の決め手だった。
　お母さんにはオートロックつきのところにしなさいって散々言われたけど、利便性を訴えて押しきった。
　そして、ウィッグを被らなくても外を歩ける程度に髪が伸びた４月。
　学校の前の並木道で、恐ろしいほどきれいに咲き乱れる桜の花を見上げながら、感情を心の中の箱に閉じ込めて鍵をかけた。
　友達なんて作らない。
　まわりの子との接点は最小限にして、気づかれないように息絶えよう。
　そう決めて、私は高校生になった。
　残された時間は、あとわずか。

閉じ込めた記憶

 ２日間の休みが明けて、月曜日。

 先週の帰り際、『また来ていいよ』と言ってくれた松風先生の言葉に甘えて、ランチバッグを手に保健室の扉を叩いた。

「どうぞー！」

 慌ただしそうな声が返ってきて、扉を開けるとやっぱり松風先生は忙しい様子だった。

「あっ、早坂さん！」

「こんにちは。またここでお昼を食べさせてもらおうと思って来たんですけど……難しそうですか？」

「あー、ごめん！ 熱を出して早退した子がいてさ。さっき親御さんに電話が繋がらなかったから、今からもう１回連絡を入れに行かなきゃなんなくて」

 私の問いかけに、イスにかけられていたグレーのカーディガンを羽織りながら松風先生は申し訳なさそうな顔で言う。

 なるほど、今日は私の相手をしてる暇がないのか。

「そうですか」

「あ、でも、すぐ戻ってこられると思う。鍵はちゃんと閉めていくし、ご飯はここで食べててもらって大丈夫だよ」

 お弁当を持って出てきた手前、教室には戻りづらい。

 先生がいいって言ってくれてるんだから、ここで食べさ

せてもらおう。
　こくりと私が頷いたのを確認してから、先生はバタバタと保健室を出ていった。

　この前と同じように、机のそばにイスを引き寄せてそこに座る。
　伝わるひんやりとした冷たい感触が、春のぽかぽかとした温度を少しだけ引き下げた。
「これから、夏に向けてだんだん暑くなっていくんだろうなぁ……」
　お弁当を広げながらぽつりと吐いた言葉は、誰の耳にも届くことなく消えていく。
　って、やめやめ！
　感傷的になったってしょうがない。
　もうすぐ訪れるこの世界との別離を、ちゃんと受け入れたはずじゃんか。
「今日は、とくに上手に作れたなぁ！」
　沈みそうになる気分と一緒に、お弁当箱に詰めていた卵焼きを持ち上げて自画自賛。
　言ってからちょっと恥ずかしくなったけど、誰にも迷惑はかけないから許してほしい、と、どこかの誰かに言い訳してみる。
　だって、1人暮らしをすることになってお母さんに料理を教えてもらうまで、私の調理スキルはゼロに等しかった。
「今日の晩ご飯は何にしよう」

冷蔵庫の中、ほとんど何にもなかったっけ。

今日はスーパーに寄って帰らないとなぁ。

あぁでも、トイレットペーパーも買い足さなくちゃいけないし、いったん荷物を置きに帰ったほうがいいかな。

そんなことを考えながら、箸を持つ手をせっせと動かす。

お弁当を食べ終えたころには、頭の中で買い物リストができあがっていた。

ふっと壁にかけられている時計を見上げると、針はまだ1時10分を指している。

お昼休みは、30分までだ。

なかなか連絡がつかないのか先生が帰ってくる気配は一向にないけど、せめて予鈴が鳴る25分まではここにいよう。

鍵を閉めることができない私が今帰ったら、無人になったこの場所に誰が出入りするかわからない。

何より、場所だけ借りて用が済んだから帰ります、っていうのが嫌だ。

「先生、早く戻ってこないかなぁ……」

——コンコン……。

施錠された扉を眺めながら言ったのと背後の窓が軽く叩かれたのは、ほぼ同時。

予想の地平になかった出来事にびっくりして、思わず肩を跳ねさせてしまった。

「な、何……っ」

恐る恐る振り返ると、窓の外、私とほぼ同じところに目線を置いた男子生徒がグラウンドを背にして立っていた。

ワックスで無造作にセットされた、黒い髪。
切れ長で奥二重の目に、すっと通ったきれいな鼻筋。
あれ？　この人、どこかで見たことあるような……？
ぽかんとしていると、眉根を寄せた彼の手が私たちを隔てている窓を再び叩く。
「あっ、ごめんなさい」
慌てて鍵を外し窓を開けると、彼のものなのか、石けんのような爽やかな香りが風とともに吹き込んできた。
「どーも」
低い声で紡がれたお礼の言葉はぶっきらぼうで、私はちょっと身構えてしまう。
そんな様子に気づいていないのか興味がないのか、彼はお構いなしに保健室の中へと視線を移した。
「表の札が不在になってたから、ダメ元で裏に回ってきたんだけど。先生、いねぇの？」
「……今、職員室に行ってて」
「あー、マジか。どうすっかなぁ、これ」
いっ、痛そう……！
言いつつ彼の胸の高さまで上げられた左腕からは、砂の混じった血が流れていた。
出血量から見ても、洗って済む程度のケガではない。
「早く止血しないとっ」
「うん、だよな」
慌てる私をよそに、本人は無表情を崩さない。
なんでこの人、こんなに冷静なの!?

「ほ、保健室に行ったほうが……」
「そう思って来たんじゃん」

　そ、そうだ。保健室、ここじゃん。

　思いがけず目に飛び込んできた鮮血のせいで、頭がうまく機能してくれない。

　恥ずかしさが血液中を駆け巡ったけど、彼はそのことに気づいていない様子だった。
「そういうことだから、中に入れてほしいんだけど」

　ポーカーフェイスのまま、ケガをしていない右手でドアを指す彼。

　本来なら、先生がいない状況で誰１人招き入れるべきじゃないんだろうけど……。

　捲られたシャツから伸びる腕を、そっと覗き見る。
「……もう１回、扉のほうまで回ってきてもらえますか？」

　今もなお流れ続ける血を前に、無理です、なんて真っ向から言えるわけがなかった。

　鍵を開けて、１分もたたないうちに扉が開いた。
「たびたびどうもな」
「いえ」

　気だるそうに保健室の中に入ってきた彼の目線は、身長158センチの私よりも遥かに高い。

　そっか、この人、さっきは外にいたんだもんね。

　校舎が地面よりちょっと高く造られてるから、同じ目線だったんだ。

「とりあえず、砂流したほうがいいですよ。……ばい菌入ったら大変だし」
　水道に視線を移しながら言うと、彼は素直に頷いた。
　その拍子に、ふわりと揺れる黒い髪。
　……柔らかそう。
「……」
「……」
　傷口を洗う水の音だけが響く空間に、沈黙が流れる。
　初対面で気まずいし、何より関わりたくないから先生早く戻ってきてー！
　心の中で叫んだとき、水道から上げられた視線が私のものとぶつかった。
　もしかして今の、声に出てた!?
　どきりとしたものの、彼に怒った様子は見られない。
「高野たちとサッカーしてたんだ」
　……ん？
「ドリブルで抜こうとしたらあいつの足に引っかかって、そのまま大転倒」
　淡々と進められる話に、頭がついていかない。
　蛇口を閉めた彼が脇に置いてあるペーパータオルで腕を抑えると、血がじわりと滲んだ。
「女子も何人か参加してたし、今度早坂も一緒にやるか？」
　思わず、えっと声が漏れた。
　心臓がバクバクと音を立てて暴れ出すのを感じる。
「な、なんで私の名前……」

問うと、彼は眉間に深いシワを刻み怪訝そうに私を見た。

何を言ってんだこいつ、って顔。

「同じクラスの早坂由仁だろ？　お前」

同じクラス。オナジクラス。おなじくらす。

さも当然のように投げかけられた言葉を反芻して、噛み砕いてハッとした。

そうだ、この人……！

「名良橋、くん」

"どこかで見たことあるような"。

ついさっき、窓の外の彼に抱いた既視感を思い出す。

そして、彼が記憶をかすめたその理由も。

「うん、正解。知ってたんだ、俺の名前」

試すような目で、彼……名良橋由貴くんは私を見る。

あまりに真っ直ぐに見つめるから、逃げ出したくなってたじろいでしまった。

名良橋由貴くん。落ちついた雰囲気だけど、クラスでは一番賑やかなグループにいる。

なんで私、すぐに気づけなかったんだろう。

よりによって、関わったのが同じクラスの人なんて最悪だ……。

「……で？　先生のいない保健室に、なんで早坂がいるわけ？」

「それは……」

視線を泳がせ、机の上に置いたままのランチバッグをちらりと見やった私を、名良橋くんは見逃さなかった。

一瞬驚いた表情を浮かべてから……彼が、深い息を吐く。
「この前、一緒に食べないかってクラスのやつに誘われてたよな？」
　脳裏に、声をかけてくれた2人の姿が浮かぶ。
　名良橋くん、見てたんだ……。
「それ断って、こんなとこで飯食ってんの？」
　呆れたような声。相変わらずのポーカーフェイス。
　でも、視線が鋭さを増したのは絶対に気のせいじゃない。
「感じ悪いな、お前」
　もう一度長い息を吐いてから言われた言葉は、私の心を容赦なく貫いた。
　声を荒げて侮蔑したように言われたなら、簡単に跳ねのけることができたのに。
　表情を変えないまま淡々と突きつけられるほうが事実として届くから、痛い。
　感じ悪いとか……そんなの、私だってわかってるもん。
　でも、しょうがないじゃんか。
　もうすぐ死んじゃうんだから。
　……しょうがないじゃんか。
「そんなこと、名良橋くんに言われる筋合いないよ」
　鼻の奥がツンとしたのを我慢して、腕を押さえる名良橋くんをキッと睨む。
　一刻も早くこの場を去ろう。
　そう思って机の上のランチバッグを掴んだ瞬間、扉が勢いよく開かれた。

「ごめん早坂さん、なかなか電話が繋がんなくてー……って、何? この空気」

　倒れ込むようにして保健室に戻ってきた松風先生は、室内に流れる異様な空気を瞬時に察知したらしい。

　物々しい雰囲気を醸し出す私たちを交互に見ながら、焦ったように体勢を立て直した。

　先生、あともう1分早く帰ってきてほしかったです。

　っていうのは、完全に責任転嫁だとわかっているから言わない。

「……もうすぐ予鈴が鳴るし、私もう戻りますね。ここで食べさせてくれて、ありがとうございました」

　部屋の奥まで歩いてくる先生と入れ替わるようにして、スタスタと扉を目指す。

　扉まであと一歩、というところで、私はぴたりと歩みを止めた。

　ムカつくけど……放っておけなかったのは私だ。

「彼、ケガしてるので診てあげてください」

「えっ、ケガ? うわっ、ほんとだ。どうしたのそれ!」

　先生の驚く声を背中に聞きながら、私は今度こそ保健室を出た。

「早坂」

　終礼が終わり、教室の後ろにあるロッカーに荷物を入れに行こうと思ったら、聞き覚えのある声で名前を呼ばれた。

　なんで声かけてくるの……!?

視線を合わせないようにしながらイスから立ち上がり、ロッカーを目指す。
　会話を拒む姿勢を見せているにもかかわらず、あろうことか彼は私を追いかけてきた。
「なんで無視すんだよ。感じわりーぞ」
　またそれ？　しかもまわりにクラスメートがいるっていうのに、なんの嫌がらせよ。
　せり上がってくる名良橋くんへのイラ立ちを、ギリギリのところで噛み殺す。
　関わっちゃダメだ。耐えろ。我慢するんだ。
「おーい、なんか言えよ。保健室に来た俺に『保健室に行け』って言ったときみたいにさ」
　なっ、なんなのいったい……！
　熱が顔に集中するのを感じながら振り返ると、名良橋くんはちょっとびっくりした顔をして、それからニヤリと口角を上げた。
「やっとこっち見た」
　乗せられたと気づいたときには、もう遅かった。
「ほら、行くぞ」
　名良橋くんはケガをしていたはずの左手で私の腕を掴み、教室を飛び出した。

　腕を引かれながら早歩きで連れてこられたのは、無人の体育館だった。
　体育倉庫から取り出したバスケットボールを弄ぶ名良橋

くんと、意味がわからず入り口に立ち尽くす私。
「なんでそんなとこで突っ立ってんの？」
　関心があるのかないのかわからないようなトーンで言う名良橋くんが、ダンダンと規則的なリズムでボールをつく。
　体の芯に響く音が、振動が、私の胸を強く締めつけた。
「今日、職員会議かなんかで全部の部活が休みなんだ。誰もいなくて、ラッキーだった」
　言いながら放たれたボールは、きれいな弧を描いてリングに吸い込まれていく。
「……名良橋くんって、バスケ部なの？」
「うん。小学校のころからやってる」
　転がるボールを拾い上げ、今度はゴール下からシュートを打つ。
　ボードに当たって、当然のようにネットが揺れた。
「俺、落ち込んだときとか、バスケのことだけ考えるようにしてんだ。体動かしてる間は、嫌なことも忘れられるっていうか」
　今度は、レイアップ。高さのあるきれいなフォームで、これもやっぱり決まった。
「早坂もさ、むしゃくしゃしたりしてるんだったら打ってみろよ」
　なんだそれ。名良橋くんには、私がむしゃくしゃしているように見えたの？
　だからわざわざ、挑発してまでここに連れてきたの？
　私の中に見えた何かを、取り除くために……？

「ほら」
　名良橋くんの声とともに、山なりのボールが飛んでくる。
　反射的にそれをキャッチして、避ければよかったとすぐに後悔した。
　ちょっとざらついた、1年ぶりの感触。
　バスケットボールならではの重み。
「……っ」
　思い出してしまう。
　耳にこびりついて離れない、バッシュのキュッて音。
　忘れたくても忘れられない、シュートが決まったときの快感。
　思い出したって、二度と取り戻すことはできないのに。
「……帰る」
「え、おい、早坂！」
　捨てるようにボールを手放し、体育館を出た。
　呼び止める名良橋くんの声から逃げるようにして、体育館と校舎とを繋ぐ渡り廊下をずんずん歩く。
　名良橋くんのバカ。
　自分のストレス解消法が、万人に当てはまるなんて思わないでよ。
　もしかしたらバスケを嫌いな人だっているかもしれないでしょ。
　バスケが大好きでしょうがなくて……、でも諦めるしかなかった人もいるかもしれないでしょ。
　ほとんどの生徒はすでに校舎を出たのか、あたりに人は

いない。
　長い廊下を歩き、壁に突き当たったところで崩れるようにしゃがみ込む。
「……っ」
　蘇りそうになったバスケへの想いを閉じ込めようと、ぎゅっと目を瞑った。

オレンジ色の背中

「親睦会(しんぼく)しない?」

　無邪気な声で紡がれた悪魔のような言葉が教室に響いたのは、名良橋くんに連れられた体育館から逃げ出した3日後のことだった。

　帰る支度をしていた私がギョッとして顔を上げると、教卓に立った男子生徒の姿が目につく。

　たしか……名良橋くんとよく一緒にいる、高野くんだ。

「駅前のファミレスでしようかなって思うんだけど、どう?」

　彼の呼びかけに、クラスのムードが一気に高まる。

「いいじゃん、楽しそう」

「なんか高校生って感じー」

　和気あいあいとした空気に包まれる中、いつもなら折れないように丁寧に入れるプリント類を慌ててカバンに突っ込み、慌てて席を立つ。

　ところが、足早に教室を出ようとしたところで、誰かに肩を掴まれた。

　あ……私、この手を知ってる。

　私のものとは違う、ゴツゴツとした手のひらの持ち主の予想はついていたけれど、強い力に阻まれて振り払えない。

　渋々、体を翻(ひるがえ)して答え合わせをする。

「名良橋……くん」

外れていればいいと思っていたのに、当たってしまった。
　NBA所属チームのキーホルダーが揺れる、バスケ部のリュックを背負った名良橋くんの骨張った手だ。
　ばちっと視線が絡んで、私は体を強張らせる。
「どこ行くんだよ。話、まだ終わってねーだろ」
「私には関係ないもん」
「なんで。お前もクラスの一員なのに」
　肩を掴む力がぐっと強くなる。痛い。
　この人、何を考えてんだろ。
　私が行ったって、孤立するのは目に見えてるじゃん。
　放っておいてほしいのに、どうしてそんなに絡んでくるんだよ。
「ちょっと、名良橋！　女の子に気安く触っちゃダメじゃないのよー」
　名良橋くんの陰から、にゅっと2人の女の子が現れる。
　1人は、サラサラの長い髪が似合うきれいな人。もう1人は、くりくりの目をしたかわいらしい女の子。
　どちらも、名良橋くんたちと一緒にいるのをよく見る。
　彼女たちの登場に戸惑っていると、くりくりの目が私を捉えた。
「行こうよ、早坂さん！　私らまだ、早坂さんのことほとんど何も知らないよ」
「そうだよ。早坂さんと話してみたいって、ずっと思ってたんだー」
　ずいっと2人の女の子に迫られ、身動きがとれなくなる。

友達なんて作らないと、余命を告げられたときに決めた。
　でも本当は……本心がどこにあるかなんて私自身が一番よくわかってる。
　お昼ご飯を一緒に食べようって、勇気を出して誘ってくれた子がいたこと。
　相も変わらずぶっきらぼうな口調で、お前もクラスの一員だって名良橋くんが言ってくれたこと。
　入学してからずっと1人でいた私のことを、彼女たちが知りたいと言ってくれていること。
　本当は全部、うれしいと感じてる自分がいる。
「わ、私……」
　喉の奥につっかえる言葉を絞り出してしまいそうになったとき、生ぬるい風が開いた廊下の窓から吹き込んできた。
「……っ！」
　肌にまとわりつくようなそれは、すぐそこに控える夏を彷彿とさせた。
　"夏"。
　その単語を認識した瞬間、私の中で警告音がけたたましく鳴り響く。
　ダメだ。差し伸べられた手を取る資格なんて……私にはないんだ。
　出かかっていた本音をのみ込んで、とっさに繕った嘘を吐き出す。
「……ごめん。うち、親が厳しくて。真っ直ぐ家に帰ってきなさいって言われてるから……」

「そっかぁ。……あ、じゃあさ！　学校のない日にしようよ」
「いや、でも……」
　私の言葉を遮って、「どうかな？」と、今度は教卓の前にいる高野くんに会話が投げかけられる。
　受け取った高野くんは、笑顔のまま声を弾ませた。
「いいじゃん、そのほうがみんなも都合つけやすいだろうし！」
「放課後は部活あるから、休みの日だと助かる」
「私も！　1日練習じゃなかったら途中から参加できるから」
　教室内のあちこちから賛同の声が上がり、話はとんとん拍子に進んでいく。
　その様子を呆然と眺めていると、ふいに頭に手が乗せられた。
「決まりだな」
　満足そうに言った名良橋くんは、私の横を通りすぎて教室を出ていった。
　その後ろ姿を見て、すぐに我に返る。
　なっ、名良橋くんって、なんなの!?
「早坂さん!?」
　カッと頭に血が上り、慌てて彼の背中を追いかける。
　激しい運動を禁止されているために、走れないことが恨めしい。
　ついでに言うと、名良橋くんのコンパスが長くて簡単に追いつけないことも。

結局、彼を捕らえることができないまま、体育館へと繋がる渡り廊下に行きついてしまった。
「名良橋くん！」
　これ以上先には行きたくないと彼を呼んだ声にイラ立ちが含まれたのは、しょうがないことだと思う。
「何？」
　だけど、そんな声にも彼はいつもの姿勢を崩さない。
　めんどくさそうに振り向いて、いつもと同じ、何を考えているのか読めない目で私を見る。
　何ってなんだよ、白々しい！
「さっきの！　私が嫌がってたの、気づいてたんでしょ!?」
「気づいてたから何？」
　私が声を荒げても一切悪びれる様子を見せず、むしろ煩わしそうな表情を浮かべた名良橋くん。
「早坂さ、何をそんなに頑(かたく)なに避けてんの？」
「何、って……」
　問いかけに口ごもってっしまうと、彼は声にイラ立ちをにじませた。
「そんなふうにお前が逃げてばっかだから、見ててイライラすんだよ」
　自分がイライラするから、私をクラスの輪の中に入れようっていうの？
　私の気持ちなんて、お構いなしに。
「名良橋くんには、関係ないじゃん……」
　私がクラスに溶け込まなくたって、名良橋くんにはなん

の迷惑もかからないはずだ。
　ただのクラスメートとして、同じ教室で同じ時間に同じ授業を受ける。それだけの関係で、いいはずなのに。
「……私、親睦会なんて絶対に行かないから」
　鋭く名良橋くんを睨んでから、踵を返して元来た道を歩いて戻る。
　乱暴に投げつけた最後の言葉がなんだか負けゼリフのように思えて、余計に腹が立った。

　朝、億劫な気持ちを抱えながら教室に足を踏み入れた私の元に、高野くんがやってきた。
「おはよ、早坂さん！」
「お……おはよう」
　予期せず飛んできた底なしに明るい笑顔に、思わずあとずさりをしてしまう。
　向けられた笑顔があまりに眩しくて、まだ寝ぼけていた頭が冴えた。屈託ない笑顔って、すごい。
「昨日言ってた親睦会なんだけど、夜のうちにクラスの連絡用のグループで話し合って来週の土曜に決まったんだ」
「……そう、なんだ」
「グループに早坂さんがいなかったから確認を取れなかったんだけど、どうかな？」
　決して押しつけがましくない尋ね方に好感を抱きながらも、首を縦に振ることはできない。
「ごめん、その日は用事ある」

これはほんと。
　私の記憶が間違ってなければ、その日は病院に行くことになっている。
「そっかぁ。もしかして、デート？」
　何がどうなってそこに行きついたの、高野くん。
　予想の斜め上を行く発想に思わず笑ってしまいそうになったのをぐっと堪え、冷静を装う。
「残念ながら、ただの通院です」
「え、どっか悪いの？」
「私、貧血持ちなんだ。その薬を貰いに行くの」
　これは、前々から用意していた答えだ。
　体育の授業を見学する表向きの理由は、貧血ということになっている。
「そっか、じゃあ仕方ないね。駅前のファミレスでやるから、もし時間あったら来てよ」
「……うん、わかった」
　頷きながらも、心の中で呟いたのは"ごめん"の3文字。
　時間はあるけど、行けないよ。
　せっかく声かけてくれたのに、ごめんね。

　入院していた病院に紹介状を書いてもらい通い始めた病院で診察を受け、帰路につく。
　良くなってますね、とか腫瘍がなくなってます、なんて言葉は、当たり前だけど聞けなかった。
　って……この期に及んで、何をまだ期待してんだか。

自嘲気味に笑い、アナウンスが響くホームにやってきた電車に乗り込む。
　車内は比較的空いていて、ゆったりとした時間とともに電車は出発した。
「……」
　スマホをポケットの中にしまい込み、電車のリズムに合わせて揺れる吊り革を眺める。
　……あ。あの吊り革、持ち手の上のところがダルマだ。かわいい。
　車内を見回してもダルマになってるのはあそこだけだから、レアなのかなぁ。
　ぽてっとした、愛くるしい赤いダルマ。
　えへへ、ちょっとした幸せを貰った気分。
　２分ほどの間隔で駅に停車し、病院の最寄りから３つ目の駅で電車を降りる。
　笛の音を合図にドアが閉まって、ダルマを乗せた電車は線路の向こうに姿を消した。

　改札を抜け、オレンジ色に染まるアスファルトの上をゆっくり歩いた。
　ぐーんと伸びた自分の影がおもしろくて、今度は他の影に目を向けてみる。
　足早に去ってしまう車のもの。すれ違った散歩中の飼い主さんとリードに繋がれたプードルのもの。
　１つとして同じものがない影を、無我夢中で追いかけた。

高校生にもなって、こんなことに楽しさを見出すなんて思わなかった。
　次は何を追いかけようかな。
　行ってしまった軽トラックの次のターゲットを探そうと顔を上げたとき、道の向こうに建つファミレスの中にクラスメートの姿を見つけた。
「あ……」
　親睦会って今日だったっけ……。
　考えないようにしてたから、完全に忘れてた。
　店内にいる彼らはみんな楽しそうに笑っていて、心がチクリと痛む。
　その痛みを認めたくなくて、視線をそらして再び歩き出した。
　……行かなくてよかったんだよ。
　今日の診察で、先生はちょっとだけ表情を曇らせた。
　病気は確実に進行していて、間違いなく私は死に近づいているということだ。
　駅前から続く道を曲がると、景色は一気に住宅街になる。
　比較的静かな道を、律動的に歩いていく。
　十字路を２つすぎればアパート、というところで背後に気配を感じた。
　背筋にぞぉっと悪寒が走る。
　まさか……ね。
　まだ夕方だし、人通りもある。
　大丈夫、思い込みだ。思い込みに決まってる。

そう思いながらも、歩く歩幅は自然と広く、速度は速くなっていく。
　お気に入りのスポーツブランドのスニーカーが奏でる、私の足音。
　それに重なる、もう１つの足音……！
　や、やばいやつだこれ！　どうしよう！
　頭が真っ白になりかけたとき、前方にシルバーの自転車が見えた。乗っているのは、大学生くらいの男の人。
　万が一のことがあったら助けてくれるよね、助けてね、お兄さん！
　念じながら腹をくくって振り返る……と。
「あ、やっぱ早坂だった」
　オレンジの空をバックに立っていたのは、バスケ部で統一されている、私のスニーカーと同じブランドのジャージを着た名良橋くんだった。
「え……えぇ……？」
　あまりの恐怖と、その恐怖の正体に、ひゅるひゅると体から力が抜けていく。
「おい、大丈夫か？」
　私の腕を名良橋くんが掴んで支えてくれたおかげでなんとかへたり込まずに済んだけど、なんか違う。
　これに対してお礼を言うのは、もっと違う。
「なんで名良橋くんがここにいるのよぅ……」
　強めに言ったつもりが、出た声は弱々しく萎えていた。
　道の脇で腕を掴む男と腕を掴まれている女の横を、お兄

さんが乗った自転車が通りすぎていく。
　お兄さんはイヤホンをしてたから、万が一のことがあっても気づいてくれていなかったかもしれない。
　そう思ったら名良橋くんでよかったけど、そこに安堵するのはやっぱり何か違う。
　自転車乗りながらのイヤホンがそもそもダメだ。
「なんでって……ファミレスの窓から早坂っぽい人が見えたから」
「だ、だからって、こんなストーカーみたいなことしなくても……！」
　私が抗議すると、ようやく私が腰を抜かしそうになった理由に気づいたらしい。
　名良橋くんはハッとして、それから手を離した。
　腕から伝わっていた温もりが消えて、ちょっと寒く感じたのはたぶん気のせい。
「悪い、びっくりさせるつもりはなくて」
「当たり前だよ。あったらたまったもんじゃないよ」
　ぎろりと睨んでやると肩をすくめて申し訳なさそうな顔をしたから、これで許してやろうかな。味わった恐怖を考えると甘いかな、どうかな。
「こんなとこで何してんの？　病院は？」
　バツが悪そうな顔のまま、名良橋くんが問う。
　会話が続くのは不本意だけど、仕方ない。
「行ってきた帰り。家この近くだから、今から帰るの」
「まだ時間早いじゃん」

親睦会に参加できるだろ、と言外につけ足される。
「……」
　時間あったら来てよ、という高野くんの優しい切り上げ方がここにきて痛い。
「親、ほんとに厳しいんだってば」
「じゃあ俺が説得してやるよ」
　は、はぁぁぁ!?
　家こっち？　と前を歩き出す名良橋くんの夕日に照らされた背中を、慌てて追いかける。
「ちょっと待ってよ、なんで勝手に話を進めてんの!?」
「親が原因なんだろ？　クラス行事だって説明して、納得してもらえたら参加できんじゃん」
　な、なんという強行突破。
　普通、そこまでするか!?
　迷いなく歩く名良橋くんのジャージの裾（すそ）を引っ張って、無理やり歩みを止めさせる。
　力いっぱい引っ張って、振り返った名良橋くんはちょっとイラ立った様子だった。
「離せよ」
「やだよ。離したら、エスパーか何かでうちを突き止めて、勝手に上がり込まれそうなんだもん」
「エスパーってなんだよ、俺は超人か」
　ふっと空気が震えた気配がした。
　続けて「悪くねー」なんてふざけて言うから調子が狂う。
「やっぱ早坂っておもしれーよな。たまに天然っていうか、

なんつーか」
　……天然とか初めて言われた。
　っていうか、そんなふうに言われるほどの時間をあなたと過ごした記憶ないんですが。
「もっと他のやつらと絡んでいけよ。早坂なら絶対すぐに打ち解けられるし、楽しいぞ」
　さっきのイラ立ちはどこへやら、名良橋くんの声色が優しい。
　柔らかく届いたそれは、やがてすぅっと心に沁みた。
　やめてよ、そんなこと言うの。
　心にかけた鍵を、真正面から壊しに来ないでよ。
「……余計なお世話」
「……え？」
「私は、打ち解けたいなんて思ってない！」
　掴んでいた手を離し、すぐそこに迫っていたアパートまで走って、外づけの階段を駆け上がる。
　２階の一番奥の部屋が、私の最後の住まいだ。
「早坂!?」
　驚いたように名前を呼ぶ名良橋くんの声に、私が彼から逃げてばかりだということを気づかされる。
　カバンの中から取り出した鍵を使って部屋に駆け込むと、名良橋くんの声は聞こえなくなった。
　そのことにほっとして、でも、ちょっとがっかりした。
「……バカだなぁ、私」
　暗い玄関にしゃがみ込んだ私を、支えてくれる手はもう

ない。
　当たり前だ。私がそれを望んだんだ。
　大切な家族をこれ以上傷つけてしまわないようにと、家を出ることを、他の誰でもない私が選んだ。
　なのに……。
『早坂なら絶対すぐに打ち解けられるし、楽しいぞ』
　穏やかに紡がれた言葉が、オレンジ色に染まる広い背中が、頭に焼きついて離れない。
「……っ」
　漏れそうになる嗚咽を噛み殺しながら、それらをかき消す術を必死に探したんだ。

優しくて残酷な嘘

「ずいぶん腕を上げたね、由仁」

決して広いとは言えないワンルームの一角を陣取るテーブルの前で、お母さんがうれしそうに言う。

テーブルに並べられた私の手料理がその理由だ。

「でしょ？　得意になったんだ、肉じゃが。ちょっとありがちだけど」

「ありがちでいいじゃない。おいしいよ」

おいしいというのはお世辞ではないらしく、箸は再び肉じゃがに伸ばされる。

私に料理を教えてくれたのはお母さんだから、こうやって褒めてもらえるのはとってもうれしい。

大型連休の後半にはお父さんもお姉ちゃんも来てくれるみたいだから、２人にも食べてもらいたいな。

「昨日、一緒に病院行けなくてごめんね。どうしても外せない用事ができちゃって」

「いいよ、そんなの。気にしないで」

「ありがとう。どうだった？」

これまた自信作である小松菜のおひたしをつまみながら、隣に腰を下ろした私にお母さんが尋ねる。

お母さんは何気なく聞いたんだろうけど、私にとってはそうじゃなかった。

"昨日"という単語がトリガーとなって、思い浮かんだ

のは名良橋くんのこと。

やだ……なんで思い出しちゃうの。

「どうって、いつもどおり診てもらっただけだよ。別段変ったこともなかったし。診察のたびに来てもらうの、申し訳ないよ」

私が生まれ育った家から、このアパートまで。車を使うにしろ電車を使うにしろ、軽い気持ちで行き来できる距離ではない。

1人暮らしをはじめてからこれが何度目かの訪問になるけど、長い時間をかけて来てもらうのは時間的にも労力的にも憚られる。

私が考えていることを悟ったのか、お母さんがふっと微笑んだ。

「バカねぇ、そんなこと由仁は気にしなくていいのよ。私はここに来るのを楽しみにしてるんだから」

「お母さん……」

つくづく、お母さんは偉大だと思う。

私が不安になっても、優しく包み込んでくれる。

私のお母さんが、お母さんでよかった。

「学校は？ 楽しい？」

遮光カーテンを通して、太陽の光が柔らかく差し込む。

うん、と1つ頷いて私は笑ってみせた。

「楽しいよ。授業もちゃんとついていけてるし、何より、新しい友達がいっぱいできた！」

なんて盛大な嘘だったんだ、と自分でも思う。
　祝日の振り替え休日が明けて、火曜日。相変わらず、私は１人を貫いている。
「今から部活かぁ。行くのめんどくさいなー」
「何回目だよ、それ言うの」
「だって今日外周だろー？　ローラースケート履いて挑みたいよ」
「どこにローラースケート履いて外周するやつがいるんだバカ」
　教室の真ん中でテンポのいい会話を繰り広げているのは、名良橋くんと高野くんだ。
　目立つ２人だから、まわりにいるクラスメートもその様子を見てクスクスと笑っていた。
「きっついんだもん、マネにペース上げろとか言われるしさ。こっちは必死に走ってんだっつーの」
「あー、それはわかる」
　教科書をロッカーに戻しに行く間も、２人の会話は楽しげに続く。
「もうさ、適当に嘘ついてサボろうよ？」
「ふざけんな、行くぞ」
　高野くんの首根っこを名良橋くんが掴み、彼らはズルズルと教室を出ていった。
「頑張れー」と、かわいらしい声が教室内から飛ぶ。
　ローラースケートでコケんなよ、という低い揶揄（やゆ）も。
　今日１日を過ごして、クラスの仲が深まったのを感じた。

同じクラスになったのが今月だなんて嘘みたいに、みんな楽しそう。
　これも、親睦会のおかげなのかな……。
　彼らがいなくなっても、和気あいあいとしたムードは当然のように継続される。
　楽しそうな空間をすり抜けて廊下に出たとき、初めて自分が息を止めていたことに気がついた。

　今日はスーパーの特売日だから、早く帰らないと。
　そんな気持ちが私を急き立て、廊下を歩くスピードが速くなる。
　そこの角を曲がれば昇降口……というところで、ふいに私の名前が聞こえた気がした。
　反射的に足を止めると、"気がした"のが確信に変わる。
「え、じゃあのとき、早坂さんを見かけたからファミレス飛び出してったの？」
　声の主は高野くんで、その声は角の向こうからだった。
　そうだ、体育館は昇降口の前を通らないと行けないんだった……。
　よほど外周が嫌なのか、彼らの歩みはカメほど遅い。
　でも、話題が自分のことである以上、出ていこうにも行けない……。
　今日特売なんだよー。卵がすっごく安くなってるんだよー。いつもすぐ売り切れちゃうから、一刻も早く学校を出たいんだよー。早く部活に行きなよー。

呪いにも似た願いは彼らに届かず、歩くスピードはやっぱりカメのままだ。
「うん。病院が終わったんなら親睦会に来いよって誘おうと思ったんだけど。そのあと用事あるって断られた」
　え……？
　事実でない名良橋くんの発言に、思わず耳を疑った。
　どうして嘘を……。
「珍しいな、名良橋がそこまで他人を気にかけるの」
「……重なって見えるんだよ」
　ぽつりと、名良橋くんがこぼしたように言う。
「危なっかしさとか儚さとか……なんかわかんねぇけど、そういうのが、いなくなる前の梨央と重なって、ほっとけねーんだ」
　苦しそうに絞り出された名良橋くんの声を最後に、2人の会話が遠のいていく。
　他人を気にかける名良橋くんが珍しい？
　……嘘でしょ、こんなにもグイグイ来てるのに。
　私のことを放っておけない理由は、『いなくなる前の梨央』？　いなくなる前って、なんだそれ。
　図らずも聞き耳を立てることになってしまい、頭の中に渦巻く疑問を苦々しく噛み潰す。
　昇降口はすぐ目の前なのに、私はしばらくその場から動くことができなかった。

　買い物袋を左手に提げて、スーパーの自動ドアを軽快な

足取りで通り抜ける。

戦利品は、もちろん卵。

ラスト数パックの状況で、ギリギリなんとかゲットした。

冷蔵庫に豚肉があったはずだから、今日のおかずはとん平焼きだ。

「って、主婦か私は」

ははっと笑いながら、帰途につく。

1人で立てている自信はないけど、家にいたころよりはマシ……だと思う。

洗濯機の回し方だって、もうすっかりマスターした。

洗剤入れてボタン押すだけだろ！　ってツッコミがどこからか飛んできそうな気がするけど、飛んできたって無視してやる。

洗剤を入れてボタンを押すだけだってなんだって、立派な家事の1つだもん。

——ブー、ブー……。

ガサガサと袋を鳴らしながら歩いていると、ブレザーのポケットの中でスマホが震える。

取り出して確認した画面には、【学校】の文字。

もしもしと応答すると、電話の向こうで同じようにもしもしと応えたのは松風先生だった。

《ごめんね、いきなり電話して。まだ校内にいたりする？》

「今、帰ってる途中です。どうかしたんですか？」

《保健室に鍵が落ちてたの、さっき気づいてさ。早坂さんのじゃないかなって》

続けて伝えられた鍵に取りつけられたキーホルダーのマスコットが、完全に私のものと一致した。
　慌てて確認するけど、自分の鍵はカバンの中にもポケットの中にも見当たらない。
　朝、いつもより家を出るのが遅くなったために、いつもはカバンの内ポケットにしまう鍵を、焦ってスカートのポケットに突っ込んだことを思い出す。
　あちゃー、やっちゃった……。
《早坂さんのお家って、学校から近かったよね？》
「はい」
　正確には、徒歩20分だ。
　往復の労力を思うと近いと言うのは微妙なところだけど、電車と徒歩で片道1時間半の高校に通っていたお姉ちゃんのことを考えると、やっぱり近いんだろう。
《届けてあげたいところなんだけど、私まだ仕事残ってて。取りに来れるかな？》
「わかりました。すぐに戻ります」
　電話を切って、がっくりと肩を落とす。
　先生、私が1人暮らしだって知ってるから慌てて連絡してくれたんだろうなぁ。
　せっかく激安卵を勝ち取ってホクホクしてたのに、ツイてない……。

　帰宅していく生徒とすれ違いながら学校の門を潜った。
　制服姿で学校にいながら、持っているのは学校指定のカ

バンと、生活感溢れる買い物袋。

ミスマッチにもほどがある。

校舎内に入ってからすれ違った男の子にはじろじろ見られるし、最悪だよ……。

完全に自業自得の案件に唇を尖らせながら保健室の扉を叩くも、応答がない。

体を引いて札を確認すると、【不在】になっていた。

「え、ええ……?」

嘘でしょ、松風先生……。

てっきりここだと思ったのに。

ってことは、職員室?

2階の職員室まで、買い物袋を持っていかなきゃなんないの!?

「ほんっとにツイてない……」

放課後、職員室には勉強熱心な生徒が集まる。

普段はみんなのものである先生を1人占めして、課題に対する質問をぶつけられる時間だからだ。

とくに数学と英語の先生は人気を集める傾向が高い……と、私は思っている。本当のところは、どうなのか知らないけど。

また奇怪なものを見るような目で見られるのかと思うと気が乗らなくて、私はがっくりとうなだれた。

が、いつまでもそうしているわけにもいかない。

沈む気持ちを奮い立たせて顔を上げたとき、前方から歩いてくるバスパン姿の彼の存在に気づく。

彼も同じように私を認めたらしく、どちらからともなく視線が絡んだ。
「……よっぽど好きなんだな、保健室」
 ぶっきらぼうにそう言って、名良橋くんは私との距離を徐々に縮める。
 今の私に余計なこと言わないでよ、と恨みがましく睨んでみても、毎度の如く彼には通用しない。
「名良橋くんこそ。ローラースケートで外周してたんじゃなかったの」
 ぶっきらぼうに投げ返すと、名良橋くんはハトが豆鉄砲を食らったような、そんな間抜けな顔をした。
「聞いてたのかよ、あれ。ローラースケートは高野だけだっての」
「いいじゃん、友達なら一緒にやってあげなよ」
「ぜってーやだ」
 彼は並びのいい白い歯を見せて、楽しそうにケラケラと笑う。
　……あ。
 名良橋くんの笑顔をちゃんと見るの、初めてかもしれない。普段の落ちついた印象とは打って変わって、結構子どもっぽく笑うんだ。
 切れ長の目を細めて、くしゃって、笑うんだ。
「外周はちゃんと自分の足で走って終わらせたんだけどさ、そのあとのパス練で小指突いた」
 なるほど、名良橋くんが今ここにいる理由はそれか。

「……小学校からバスケやってるんでしょ？　突き指とか、今さらじゃないの」
「あ、それ言っちゃう？」
　こぼした嫌味を拾い上げ、名良橋くんはやっぱり楽しそうだ。
　最初のポーカーフェイスはどこに行ったの。
「今日マネいなくてさ。自分でやってみたんだけど、うまくできねーし、練習中の高野たちに頼むのもなーと思って来てみたんだけど……」
　名良橋くんの予想は、事実と同じところに行きついたらしい。
　かけられている札を見せると、名良橋くんは「やっぱりか」と落胆した。
「たぶん、職員室にいると思うけど……」
「上まで行くのめんどくせーな」
　わかる。ものすごくわかる。
　コクコクと頷いた私の手元に、名良橋くんの視線が向けられる。
「何持ってんの、それ」
　スーパー帰りだってこと、すっかり忘れてた！
　慌てて体の後ろに隠すけど、がっつり見られたあとじゃ意味がない。
「なんで、買い物袋？」
　隠したのわかっていて聞く⁉
　噛みつきたくなるのを、ぐっと堪える。

「鍵を……」
「鍵？」
「鍵を保健室に忘れて帰っちゃったの！　松風先生が電話をくれたのがスーパー寄ったあとだったから、卵持ってきちゃったのはしょうがないの！」

　し、支離滅裂。

　しかも、恥ずかしくてちょっとキレ気味に言っちゃったし……。

　自己嫌悪に陥る私を見て、名良橋くんが堪えかねたようにぶはっと吹き出した。

「なるほど、卵買ったんだな。わかった」
「わかんなくていいよ……」

　あぁ、穴があったら入りたい。

「……私、職員室行くね」
「んじゃ俺も」
「え……」

　この場から逃げようと思って言ったのに、名良橋くんは当然のように肩を並べて歩きはじめる。

　歩幅を合わせてくれてることがわかるから、やだ。

「買い物ってことは、料理も早坂がすんの？」
「うん、まぁ」
「へぇ。得意料理は？」
「……肉じゃが」

　自然に会話を繋げてくるのが、もっとやだ。

「すげぇ。俺もたまに料理するけど、肉じゃがって味つけ

難しくないか?」
「……うん。一番最初に作ったときは、全然おいしくできなかった」
　今日のツキは、やっぱり卵に全部持っていかれたんだ。
　だって、やだと思うのに、彼が作り出す空間を心地いいと思う自分がいる。
　こんなの、おかしいよ……。
　職員室の扉を叩いて中を覗き込むと、松風先生はとっても険しい顔でパソコンと向き合っていた。
「近寄りづれー……」
「……同感」
　でも先生が鍵を持ってるんだもん、行かなきゃ。
「先に行くよ、私。テーピングする余裕あるか、一緒に確かめてくる」
「おー、頼んだ」
　まるでボス戦に挑むかのような姿勢で、恐る恐る職員室に足を踏み入れる。
　一歩、二歩。物々しいオーラを放つ先生に近づいていくと、その顔がぱっと上げられた。
「あっ、早坂さん!」
　あ。よかった、ボスじゃなかった。
　先生の表情は明るく、内心胸を撫でおろす。
「職員室にいるって伝え忘れてごめんね」
「全然大丈夫です」
　買い物袋を物珍しげに見られる以外には。

まぁそれも、名良橋くんと一緒だったからあんまり気にならなかった……なんてのは、絶対に言わない。
「忙しそうですね」
「そうなのー。書類作成がなかなか終わんなくてさー」
　参ったよ、と先生は髪と同じ栗色の眉をハの字にした。
　残念、名良橋くん。テーピングをしている余裕はなさそうだよ。

　先生から鍵を受け取り、お礼を言ってから名良橋くんの元へと戻る。
　どうだった？　とその目が聞いていたので、見たことをありのままに伝えた。
「マジか。他の先生と思っても、テーピングできそうな人いねーしなぁ」
　振り返って、もう一度中を確認する。
　たしかに。出払っているのか、運動部の顧問をしていそうな先生の姿は見えない。
　いるのは、テーピングとはあまり深い付き合いをしてきていないような先生ばかりだ。
「名良橋くんて、手当に見離されすぎじゃない？」
「言うなよ、俺も同じこと考えてたんだから」
　あ、自分でも思ってるんだ。
　ここまでくると、なんか不憫に思えてきた……。
「……テーピングそのものはあるの？」
「ん？　あ、うん。部室に」

関わりたくない。
関わりたくないんだけど……！
「じゃあ行こう。やってあげるよ」
　突き指って、癖になりやすいって聞いたことがある。
　固定をしないまま練習に戻っても、また同じところを痛めちゃうかもしれない。
　手当の神様に見離されてしまった名良橋くんにとって、それはあまりにも酷だ。
　何より、バスケがどれほど楽しいかを私も知ってるから……ほっとけなかったんだ。
「え……」
「早く。さっさとしないと帰っちゃうよ」
　心底驚いた様子の名良橋くん。
　今度は、私が先に歩き出した。

　名良橋くんに続いて、バスケ部の部室に足を踏み入れる。
　中は古びたロッカーや部員たちの荷物やボールバッグなんかで溢れ返っていて、決してきれいとは言えないけれど、かけがえのない今を謳歌している様子がうかがえた。
　自分から行くって言ったから、胸がキリキリと痛むのは我慢しよう。
　私もこんな環境に身を置いてるはずだったのに、なんてのは無理やり連れてこられた場合の意見だ。
「部外者だけど、勝手に入って大丈夫なの？」
「大丈夫だろ。別に変なことするんでもないし」

そりゃそうなんだけど、ルールとかあるじゃんか。名良橋くん、まだ１年生だし。
　言おうと思ったけど、やめた。
　結局は名良橋くんに言いくるめられることになるって、学んだもんね。
「これ、頼む」
　差し出されたベージュのテーピングと大きめのハサミを受け取って、すぐそばのベンチに座るよう指示する。
　その隣に買い物袋を置かせてもらい、私もその場にしゃがみ込んだ。
　腕を見やると、初めて会話したときのケガの傷はもう癒えている。
「言っとくけど、下手だからね。あとで文句言わないでよ」
「言わねーよ。たぶん」
「たぶんじゃ困る」
「絶対文句言いません」
　差し出された左手の小指にテーピングを合わせ、長さを測っていく。
　名良橋くんの指、細くて長くて、悔しいけどすっごくきれい。
「つーか、早坂ってテーピングできるんだな」
「……まぁ、一応ね」
　まずい。テーピングの巻き方を知ってるのなんて、大体がスポーツ経験者のはずだ。
　少なくとも、私のまわりはそうだった。

なんのスポーツをやってたかなんて聞かれたら、答えられないよ。
　えーい！　不本意だけど、ここは私から話題を振って回避しよう！
「た、高野くんもバスケ部なんだっけ？」
「うん。あいつとは、中学から一緒」
「へぇ。同じ高校に進学して、クラスまで同じなんてすごいね」
「中学で引退するとき、絶対また一緒にプレーしようって約束したからな。同じクラスだったのには、さすがにびっくりしたけど」
　絶対また一緒に、なんて。
　本当に仲がいいんだなぁ……。
　切ったテーピングを、手順を思い出しながらゆっくり貼っていく。
　あ、粘着部分同士がくっついた。最悪。
「高野さ。中学のとき、大事な試合の前日に足の小指の骨折ったんだ。なんでだと思う？」
　唐突に投げかけられた質問に答えることができなくて顔を上げると、名良橋くんがイジワルに笑ってたから、びっくりした。
　こんな顔もするんだ……。
「わかんない。なんで？」
「帰ってきた兄貴を驚かそうと思って家の廊下走ったら、ドアにぶつけたんだってさ」

聞き返すと、待ってましたと言わんばかりの早さで明かされた答え。
　予想の斜め上を行く理由に、つい笑ってしまった。
　骨折の理由としては、あまりにマヌケすぎる。
　最後の1本を残して、テーピングを巻いていた手は完全に止まってしまった。
「驚かそうと思って骨折って……」
　ダメだ、笑いが止まらない。
「ごめん、手を止めちゃって……」
　ひとしきり笑ったあと、中断してしまったことを謝ろうと名良橋くんに視線を向けると、彼は目尻を下げて柔らかく微笑んでいた。
　そして。
「やっと笑ったな」
　なんて無邪気に言うから、不覚にも胸が鳴った。
　……嘘だ。気のせいだ。
　顔に熱が集中するのを感じながら、ふいっと顔をそらす。
「わ、私だって笑うときは笑うもん」
「そうか？　教室では、いつも難しい顔をしてるイメージだけど」
「それは……」
　それは。この先に続く言葉を、私は言うことができない。
　だって、鍵をかけたんだ。
　あの日、桜の木の下で。
　感情が溢れてしまわないようにって。

「……別に、名良橋くんには関係ないでしょ」
　最後のテーピングを巻き、この空気を振り切るように勢いよく立ち上がる。
　もう帰ろう。
　逃げるように名良橋くんの隣の買い物袋に伸ばした腕を、テーピングを巻いた手が掴む。
「ちょ……っ」
「ほっせー腕」
「……っ！　離してよっ」
　同級生の男の子に力が敵うはずもなく、その手を振り払うことはできない。
　叫んでも、名良橋くんが力を弱める気配はなかった。
「なぁ、早坂」
　さっきまでの明るさが嘘みたいな弱々しい声で呼ばれたから、捕らえられているのは私のほうなのに、なんだか不安な気持ちになる。
　名良橋くんを見下ろすと、彼の瞳もまた、私の姿を切なく捉えていた。
「お前……いなくなったりしねーよな？」
　瞬間、手を掴む力が一層強められたけど、痛いのは腕よりむしろ心のほうだった。
　なんなの、急に。
　なんでそんなこと聞くの。
　いなくなるよ、私。
　時間なんてないよ。

私がここにいることを、名良橋くんが望んでくれたとしても。
　どれだけ強く願っても。
　秋になったら、私はもうここにはいないんだ……。
「……っ！」
　そんなこと、十分すぎるくらいわかっているのに……。
　見下ろした名良橋くんの肩が小さく震えていて、その表情があまりに痛々しくて。
　関わっちゃいけないとわかっていたのに、ブレーキをかけられなかった。
「いなく……ならないよ……」
　神様仏様、お父様、お母様、お姉様……。本当に、ほんとうにごめんなさい。
　私は、嘘をつきました。
　決して真実になることのない、絶対についちゃいけない嘘だった。
　でも、ほっとけなかったの。
　いつもの無表情でも時折見せる笑顔なんかでもなくて、ただ、何かに怯えた子どものような目をする彼のことを。
　だけど……。
「いなくならないけど……いなくなっちゃうよ」
　嘘を、今のままにはしておけない。
　このままだと、私の身勝手な嘘のせいであとに傷つくのは名良橋くんだ。
　踏み込んでしまった以上、逃げることはきっともうでき

ない。
　ごめんね、名良橋くん。
「夏に、引っ越すことが決まってるの。遠くに行くから、いなくなるよ」
　嘘に嘘を重ねることを、どうか許してね。
「なんだよ、それ……」
「昔から転校ばっかりでさ。どうせ離れることになるんなら、友達なんて作らずにいようって思ってたんだ」
　とっさの嘘にしては、我ながら出来だと思う。
　転校という理由なら、クラスから姿を消しても違和感はない。
「……そういうことだったのか」
　ほっと息を吐いて、名良橋くんは私から手を離す。
　掴まれていた部分には指の痕ひとつ残っていなくて、それが無性に悔しかった。
「ごめんな、突然変なこと聞いて。早坂があまりに重なったから……不安になったんだ」
「重なったって……？」
　聞いてから、ハッとした。
『危なっかしさとか儚さとか……なんかわかんねぇけど、そういうのが、いなくなる前の梨央と重なって、ほっとけねーんだ』
　蚊の鳴くような声で紡がれた、彼の言葉を思い出す。
「俺の幼なじみ。梨央っていうんだけどさ。家が近くて、幼稚園のころからずっと一緒だった。世話焼きで、いっつ

も姉貴ヅラしてくんの」
「……うん」
「うぜーなって思いながら、本当はちょっと……楽しかった」
　回顧する名良橋くんの表情がどんなものなのか、立っている私には確認することができない。
　名良橋くんはいったん間を置いて、少しためらったような様子を見せてから目の前にかざした手をぎゅっと握った。
　それから、「でも」と小さく呟く。
「あいつ、いなくなったんだ。中２の冬に。前日まで俺のノートの取り方が汚いとか小言言ってたくせに、突然姿を消した」
「それは、どうして……？」
　プライベートな話だってことはわかってたけど、聞かなきゃいけない気がしたんだ。
　その問いに、名良橋くんが答える。
「父親が抱えてた借金を返せなくなって、家族で夜逃げしたんだ。まぁ、これもあとで知ったことだけど」
　きっとこの人は、幼なじみの女の子を失ってしまったことを後悔してるんだろうな。
　なんで気づけなかったんだろうって、たぶん、私の病気が見つかったときのお母さんみたいに。
「私と、その梨央さんは似てたの？」
　尋ねると、名良橋くんは首を横に振った。

「けど、重なった。いなくなる前日の別れ際のあいつと、早坂が」

　重なったというのなら、きっと梨央さんはとっても苦しかったんだろうな。

　本当はずっと名良橋くんの隣にいたかったはずで、でも現実はそれを許してくれなくて。

　同じ道を歩んできた幼なじみと手を振り交わす間、彼女はどんな気持ちだったんだろう。

　私には関係のないことだと思いつつも、2人の過去に想いを馳せて胸が痛んだ。

2つの温もり

　嫌な予感はしていた。
　同時に、それを回避することはできないんだろうなという予感も。
　だから次の日、お昼休みになった瞬間に彼が私の席にやってきたときは、驚きや拒絶よりも諦めが先行した。
「保健室には行かせねーぞ」
　ランチバッグを持った私の腕を引っ張り、教室の後ろのほうへと連れていかれる。
　名良橋くんと私。
　誰がどう見ても不思議な組み合わせで、四方八方から向けられている好奇の視線がグサグサと刺さる。
「今日から早坂も一緒な」
　私の同意を得ていない無責任な言葉とともに投げ入れられたのは、名良橋くんがいつも一緒にいる男女のグループだった。
　名良橋くんの他に、男の子と女の子が2人ずつ。
　親睦会の幹事役を担っていた高野 修平くんと、クラスの中でもとくに賑やかな……たしか名前は、伊東明也くん。
　女の子は、親睦会の話が出たときに声をかけてくれた2人だ。
　きれいめなほうが瀬川 京子さん、かわいらしい印象のほうは高鴨芽衣さん……だったはず。

昨日私がついた嘘が"転校"だったから、それまでに思い出を作ればいいとか、たぶんそういうことなんだろう。
　名良橋くんの中で、私が1人でいる理由は見当たらなかったらしい。
　私も、踏み込んだ時点で諦めはついていた。
「いらっしゃい、早坂さん」
「伊東、早坂さんが使うイスそっちから取って」
「了解ー」
　突然現れた私に対して嫌な顔一つ見せず、むしろ歓迎してくれているように感じる。
　今まで避けてばっかりだったのに、いいのかな……。
　多少の気後れを感じつつも、言われるままに用意してくれた席に腰を下ろす。
　くっつけた机を囲む形でみんなそれぞれイスに座り、お弁当を広げはじめた。
「わ、早坂さんのお弁当おいしそう」
「ほんとだ！　何、それ？」
　瀬川さんと高鳴さんが身を乗り出して指したのは、昨日の夜のうちに作っておいたおかず。
「ポテトにベーコン巻いて、マヨネーズかけて焼いたの」
「おいしそう！　早坂さんが作ったの？」
「うん、一応」
　困惑しながらもこくりと頷くと、2人は感心したように声を漏らした。
「すごいねぇ」

「ほんとな。お前らも見習えよ」
　横から飛んできた伊東くんの揶揄に、瀬川さんがすかさず噛みつく。
「余計なお世話！　あんたはさっさと弁当作ってくれる彼女作りな」
「無茶言うなよ！　そんな簡単にできたら今ごろ苦労してねぇわ」
「はは、たしかに」
　誰かが話して、みんなが笑う。
　こんな温かい空間、いつぶりかな。
　傷つけることになるなら、友達なんて作らない。そう決めたのに。
　そっと視線を上げて、机の向かい側でプチトマトを頬張りながら小さく笑っている名良橋くんを盗み見る。
「伊東って、顔は悪くないのになんでこうモテないんだろうね」
「お、珍しく高鳴が俺を褒めた」
「ちょっと。都合のいいとこだけ切り取らないでもらえます？」
　最初の印象どおり伊東くんは賑やかで、笑いが絶えることはない。
　楽しいと思った。
　それから、ここにいたいとも思ってしまった。
　これもみんな名良橋くんのせいだ。
　不器用なお節介で有無を言わさずこの場に私を引き入れ

た、名良橋くんのせいなんだ。

　翌日からは再び大型連休に突入し、最終日には家族みんな揃ってアパートに来てくれた。
　最初は泊まりがけでって言われたんだけど、ワンルームだしみんなが寝られるスペースがないからって断った。
　本当は、1人暮らしを望んだ理由そのものが台無しになりかねないと思ったからなんだけど。
　前の日に下ごしらえをしておいた肉じゃがを食べて、お父さんもお姉ちゃんもおいしいって言ってくれた。
　お母さんが淹れてくれたお茶を、みんなで飲んだ。
　特別なことなんて何1つしていないのに、とっても幸せだった。
　久しぶりに家族と過ごす時間は穏やかに流れ、だけど足早にすぎ去っていった。

　休みが明けて学校に行く途中、あともう少しで学校というところで、後ろからぐいっとカバンを引かれた。
　びっくりして振り返ると、黒いイヤホンを挿した名良橋くんが気だるそうに立っている。
　もうちょっとマシな引き止め方ないんですか……。
「はよ」
「……おはよ。眠たそうだね？」
「んー。昨日、夜中までバスケの試合中継を観てたから」
　ふーんと気のない返事をしておく。

ほんとに好きなんだな、バスケ。
　名良橋くんがカバンから手を離して歩きはじめたから、そのあとを慌てて追った。
　足止めしておいて先に行っちゃうあたりが、掴みどころのない名良橋くんらしいと言えばらしいのかもしれない。
「早坂は？　連休中、何してたの」
　イヤホンをポケットにしまい、肩を並べて歩く名良橋くんが眠気を含んだ声で聞いてくる。
　まさか、離れて住む家族が会いに来てくれてました、とは言えない。
　他にしたことといえば……。
「うーん、料理したり掃除したり？　あ、天気がよかったからシーツ洗って干したなぁ」
「主婦か」
「悪かったね、おもしろい話なくて」
「別に悪いなんて言ってねーだろ。買い物といい、いつも家の手伝いしてて偉いよな、早坂って」
　思わぬタイミングで褒められた。
　正確に言うと家の手伝いじゃないから、あいまいに笑って誤魔化しておく。
　もっとも、家事を家の手伝いと呼んだころはほとんどノータッチだったし……。
「そういえば、校外学習の班決めって今日までって言われてたよな」
「え、何それ」

聞き覚えのないことだったので問い返すと、名良橋くんは心底呆れたような目で私を見た。
「4月の終わりに、たいぽんが言ってたじゃん、適当に自分らで決めとけよって」
たいぽんっていうのは、私たちのクラス担任の愛称。
本田大輔から、何がどうしてこうなったのかは知らないけど、クラスのほとんどの子は先生のことを『たいぽん』と呼ぶ。
若くておもしろくて、おまけにちょっとかっこいいから、男女問わず人気を集めているみたい。
生徒と一緒になってふざけたりする場面もあるけど、一方で私の病気のことをちゃんと理解してくれていて、心置きなく頼れる先生だから、私も好き。
「……言ってたっけ?」
「言ってた。忘れんなよ」
「えー、だって……」
参加するつもりなかったし。
そう言うと、隣から頭にチョップが飛んできた。
「バカ言うな。お前は、俺らの班な」
決定事項として告げられ、胸の奥のほうにむずがゆさを覚える。
そのむずがゆさの正体はわからないけれど、原因が隣を歩く彼だということはわかる。
名良橋くんって、不思議な人だ。

生徒指導の先生が立ち並ぶ門を通って、学校に入る。
　昇降口で靴を履き替えるために別れても、階段の前で待っててくれたから、結果的には教室まで肩を並べることになった。
　席について、カバンの中から持って帰っていた数学のノートを取り出したとき。
「おはよー早坂さん」
　顔を上げると、今来たのか部活のリュックを背負ったままの高野くんが立っていた。
「おはよう」
　てっきり挨拶だけで終わるものだと思っていたのに、高野くんは空いていた私の前の席のイスを引いた。
　……ん？
「そこ、野口くんの席だよ」
「知ってる。あいつ、まだ来ないでしょ」
　たしかに、彼が教室に姿を見せるのは、チャイムが鳴る直前であることが多い。
　って、そんなことを言ってるんじゃなくて……。
「今日、名良橋と一緒に来てたよね」
「……っ!?」
「俺、ずっと後ろにいたんだよ」
　びっくりした？　とイタズラを種明かしする子どもみたいに言う高野くん。
「そりゃ、びっくりしたよ。声かけてくれたらよかったのに」
「声かけようと思ったけど、なんかいい雰囲気だったから

やめた」
　いい雰囲気って何!?
　高野くんがさらりと言ってのけたセリフに、思わず目を剥いてしまった。
　そんな私にはお構いなしに、気になってたんだけどさ、と前置きした高野くん。
「早坂さんと名良橋って、付き合ってんの？」
「ええぇっ!?」
「しー、ボリューム下げて。名良橋に聞こえる」
　言われて、慌てて口元を押さえる。たしかにこれは、名良橋くんには聞かれたくない話題だ……。
「な、ないよっ！」
　思わず強く、だけど突っかかった口調で否定したことに、深い意味はない。
　ただ、あまりに突拍子のない話に頭がこんがらがってるんだ。
「なんだ、そうなんだ。名良橋があまりに早坂さんのこと気にかけるから、てっきりそういうことなのかと思ってた」
　ないないない。ありえないよ。
　まともに喋ったのも、つい最近だっていうのに。
「……名良橋くんと同じ中学なら、高野くんも知ってるんでしょ？　幼なじみの……梨央さんのこと」
　声を潜めて言うと、今度は高野くんが驚いた顔になった。
「あいつから聞いたの？　結城梨央のこと」
　高野くんから笑顔が消え、代わりに声のトーンが下げら

れる。
　そうだよね。軽い話じゃ、ないもんね。
「うん。いなくなった経緯も、聞かせてもらった」
「……そっか」
「名良橋くんが私のことを気にかけるのは、私の向こうに梨央さんを見てるからだよ」
　彼女に抱く後悔を、私に対して繰り返したくないんだと思う。
「……なるほどな。わかった」
　納得してくれたのか、高野くんは頷きながらゆっくりと席を立った。
　自分の席に行くのかな。
　顔を上げて見送ろうとすると、高野くんが何かを思い出したように足を止めた。
「もう1つ、聞いてもいい？」
「うん。何？」
「早坂さんって、中学校のとき何部だった？」
　バクン、と心臓が大きく跳ねる。
　無防備だったところを正面から突くような質問だった。
　堪えがたい焦燥を感じ、背筋に冷たい汗が走る。
「ぶ……部活には、入ってなかったよ。帰宅部だった」
「ほんとに？」
「うん、ほんとだよ？　なんでそんなこと聞くの？」
　声が震えないように努めたつもりだったけど、効果があったかどうかはわからない。

気丈だったと言われればそうな気もするし、動転していたと言われればそれも間違っていない気がする。
「ただの興味だから、気にしないで」
　興味って、本当に……？
　教室のドアが勢いよく開いて、前の席の野口くんが教室に滑り込む。
　数瞬のあとチャイムが鳴り、高野くんは今度こそ自分の席へと戻っていった。

「楽しみだね、校外学習」
「来週だっけ？　水族館なんていつぶりだろー」
　瀬川さんと高鳴さんと3人で昇降口へと向かっている途中、話題に挙がったのは、終礼のときに班が確定した校外学習だった。
「ごめんね。私まで入れてもらうことになっちゃって」
　もともとは5人で回るはずだったのに。
　謝ると、瀬川さんが呆れたように息を吐いた。
「なんで謝るの。早坂さんも、私らの仲間でしょ？」
「そうそう、せーちゃんの言うとおりだよ！　当日、楽しもうね」
　続けて、高鳴さんが言う。
　彼女たちに嘘はなさそうで、心が温まるのを感じた。
　最初は休もうと思ってたけど、なんだかとっても楽しみになってきたなぁ。
「最っ悪」

ある日の放課後。

静まり返った廊下を1人で歩きながら、無意識のうちに声が漏れていた。

理由は、日本史担当のおばちゃん先生。

出し忘れていたプリントを提出しに職員室に行ったら、3枚セットにして冊子を作ってほしいと、代わりにプリントの山を渡された。

とばっちり。というか、自分でやってよ。

なーんて思ってはいても口に出すことなんかできなくて、渋々引き受けたのが1時間と少し前。

現在、報酬として貰ったアメを割れちゃうんじゃないかってくらい強く握りしめながら、昇降口に向かっている。

「……あれ？」

昇降口につくと、そこには見知った姿があった。

「名良橋くん、高野くん！」

「え、早坂さん？」

靴を履き替えていたのは、エナメル素材のシューズケースを持った名良橋くんと高野くんだった。

声をかけると、2つの背中が同時に振り向く。

「びっくりした。早坂、帰宅部だったろ。なんでこの時間まで残ってんの？」

「雑用押しつけられてた。そっちこそ、部活上がりにしては早くない？」

「3年の先輩も顧問も今日は校外学習でいないから、いつもより早く練習終わったんだよ」

高野くんが答えてくれた。

そっか、3年生は今日が校外学習なんだっけ。

どこかの一流ホテルでテーブルマナーを学ぶんだったよね、たしか。

2人の間を通してもらい、靴箱からローファーを取り出して上靴と履き替える。入学直後は靴ずれがひどかったけど、最近はマシになってきた。

「じゃあ、いつもよりはまだ楽だったんじゃないの？」

「それがそうでもないんだよ。顧問が練習メニュー置いていっててさ、それが悪魔みたいな内容だったんだ。な、名良橋」

「あぁ。あの短時間で終わらせられたのが不思議なくらい、キツかった」

言葉の端々から、彼らの疲弊が伝わってくる。

よっぽどキツい練習を終えてここにいるんだろうな。

2人の話を聞いてたら、冊子作りなんて軽いもののように思えてきた……。

私が上靴を直したタイミングで名良橋くんが歩き出したので、そのあとに続く。

遅れて高野くんが並び何気なく視線を向けると、その様子に違和感を覚えた。

「高野くん、足痛めてる？」

「え」

聞くと、歩みはじめた3人分の足が動きを止める。

高野くんは一瞬驚いた様子を見せてから、ふっと口元を

緩めた。
「なんでわかったの、早坂さん。普通に歩いてるつもりだったのに」
「なんとなく、右足をかばってるように見えて」
　うん、と頷いた高野くんは、左足に全体重を預けて右足を浮かせた。
「リバウンドを取るときに、ちょっとね」
　その言葉を聞いた名良橋くんが、高野くんに詰め寄る。
「なんで早く言わなかったんだよ」
「そんなに怒るなよ。部室を出たときは、いけるかなって思ったんだ」
　今はかなり痛むのか、彼の表情は笑みを浮かべながらもどこか険しい。
「さっき先輩が残ってたから、まだ部室開いてるよな……。移動できるか？　テーピングしてやる」
「いいよ。このあと、由羽ちゃんを迎えに行かなきゃいけないんだろ」
「そうだけど、お前自分でテーピングできねーじゃん」
　ん？　んんん？
　よくわかんないけど、名良橋くんは早く帰らないといけない理由があるってこと？
　言い合う２人を前に首をかしげていると、ふいに名良橋くんの目が私を捉えた。
「そうだ！　早坂、テーピングできたよな？」
「あ、うん」

「悪いんだけど、今から部室行って高野の足を固定してやってくれねーか。俺、このあと妹を保育園に迎えに行かなきゃなんなくて」
　由羽ちゃんというのは妹でしたか。
　名良橋くん、妹いたんだ。
　保育園ってことは年が離れてるんだなぁ……。
「わかった。任せて」
　本音を言うとバスケ部の部室へは進んで行きたくはないんだけど、今はそんなこと言ってる場合じゃない。
　私の返事に、名良橋くんは安堵した様子で足早に帰っていった。

　ひょこひょこと歩く高野くんと一緒に、部室棟までやってきた。
　バスケ部の部室に入るのはこれで二度目だけど、やっぱり緊張するなぁ。
　アルミ製の扉を開けると中には制服姿の男子生徒が２人いて、高野くんに向けられた２つの視線が、ほぼ同じタイミングで私に流れてきた。
「なになに、修平の彼女？」
「違いますよ。足ケガしたんで、テーピングしてもらうんです」
「へぇ、テーピングできるんだ」
　敬語ってことは、２年生かな。
　入部してまだ少ししかたってないはずなのに、ずいぶん

仲が良さそうだ。
「俺、ちょっと職員室行ってくるわ。数学のわかんないとこ、先生に教えてもらう約束してるんだ」
「真面目か。俺はもう帰るぞ」
「好きにしろ」
　質問に行くという先輩が再びこちらを振り向く。
「結構長くなると思う。荷物は置いてくから、帰るときは鍵閉めなくていいよ」
「何さんかわかんないけど、テーピング頼むね」
　2人の先輩がバタバタと部室を出ていく。
　その様子を見届けて、私は思わず笑ってしまった。
「楽しい先輩だね」
「うん。いい人ばっかりだよ」
　救急箱から、テーピングと見覚えのある大きめのハサミを取り出して、私に手渡してくれる。
　いつか名良橋くんが座っていた場所に腰を下ろして、高野くんはローファーと靴下を脱いだ。
「ちょっと待ってな」
　荷物を下ろした私に言い置いてから、出入り口付近に取りつけられている水道のところまで片足で移動し、水で足を洗う。
　よくそんなに軽々と足を上げられるね、高野くん。
　私が同じことをするのは、ちょっと厳しいところがある。
　運動不足も相まって、股関節あたりが攣りそうだ。
「ごめん、お待たせ」

ベンチに戻ってきた高野くんは、リュックから取り出したスポーツタオルで手際よく水滴を拭き取った。
「念入りに洗ったし、たぶん臭くないと思う」
「あはは、了解」
　高野くんの前にその辺にあった丸いイスを持ってきて、右足を乗せてもらう。
　その足に合わせて長を測ったテーピングを、ハサミで切っていく。
「それにしても、高野くんといい名良橋くんといい、よくケガするねぇ」
「よくって……俺、高校に入ってから初めてのケガだよ、これ」
「あ、そっか。お兄さんを驚かせようと思って骨折したのは、中学のときか」
　えっという声が頭上から聞こえてきて、顔を上げると高野くんは顔を真っ赤に染めていた。
「な……なんで知ってんの、それ」
「なんでだろうね？」
　なんて言っても、情報の流出元は明白だ。
　高野くんも冷静になったらすぐに思い至ったらしく、恨めしそうに名良橋くんの名前を口にした。
　明日、朝一番に名良橋くんに雷が落ちたら私のせいだな、こりゃ。
「にしても、テーピング巻くのうまくない？　今、結構感動してんだけど」

感動って、いくらなんでも大袈裟でしょ。
「人にもやってたから、知らないうちに上達してたんだ」
ぽろり。そんな表現が一番似合う。
「人にもって……何かスポーツやってたの？」
口が滑った、と気づいたときにはもう遅い。
こぼした言葉をすくい上げて、高野くんがド直球に質問を投げかけてくる。
「ちが……えっと、その……お、弟！」
「え？」
「弟がバスケ部で、ケガするたびに私がテーピング巻いてあげてたの！」
私、弟いないけどね……。
苦しい言い訳ではあったものの、それ以上踏み込んで聞いてはこなかったので、よしとする。
あー、心臓に悪い。
バスケやってたなんて知れたら、高校ではやらないのかとかポジションはどこだったとか、いろいろ聞かれるに決まってる。
それを詮索されるのは、バスケを諦めるほかなかった身としてはかなり辛い。
気をつけないと……。
「よし、終わり」
「お、ありがと。だいぶ楽になった」
「それならよかった」
高野くんが靴下を履いている間に、テーピングを救急箱

の中にしまう。
　その救急箱も元の場所に戻し終えたとき、足に何かが当たった。
　なんだろう……。
　視線を落として確認すると、足元にあったのは学校名が書かれたバスケットボールだった。
　よく見ると、室内にはいくつかボールが転がっている。
　部室の隅にボールを入れるカゴがあるから、片しちゃっていいのかなー。
　なんとなく拾い上げ、なんとなく投げた。
　カゴに向かって、リングにシュートを打つように。
　そこに……高野くんがいるのに。
　ボールが放物線を描いてカゴに収まったのと同時に、室内に乾いた拍手の音が響いた。
「ナイシュー、早坂さん」
　う、うわ……。
　気をつけないとって思った矢先にやっちゃった……。
　視線を彷徨わせて今のシュートに対する言い訳を必死に探していると、高野くんが私の名前を呼んだ。
　反射的に顔を上げると、視界に飛び込んできたのは勢いよく向かってくるボールだった。
「……っ!?」
　間一髪のところでそれをキャッチし、イスに座ったままの高野くんに鋭い視線を向ける。
「な、何す……っ」

「やっぱり早坂さん、ほんとはバスケやってたよね?」

 真剣な声色で尋ねられ、私は身動きがとれなくなった。

 受け止めたボールは力の抜けた手から離れ、テンテンと音を立てて床を転がっていく。

「さっきのシュートといいキャッチといい、経験者にしか見えないよ」

 何もかもを見透かしたように、高野くんが言葉を紡いだ。

「それに、なんか聞き覚えあったんだよな。早坂由仁って名前」

「え……」

「中学のとき、隣の県に住むいとこに誘われて、中学バスケの大会を観に行ったことがあるんだ。そこで勝ち上がってた女子チームの中に、ずば抜けてうまい子がいた」

 それってもしかして、私のこと……?

 悟ったことを読んだのか、高野くんは首を縦に振った。

 そっか、そういうことか。

 だからこの前、何部だったかって聞いたんだ……。

 疑惑を、確信に変えるために。

「あのときの早坂さん、すっげー輝いてたのに……なんで嘘までついて、バスケやってたこと隠すんだよ」

 とがめるわけでも詰るわけでもなく、高野くんはただ悲しそうだった。

 記憶の中では楽しそうにコートを駆け回っていた女の子が、バスケを辞めて、バスケをやっていた事実までも封印しようとした。

高野くんにとって、それはとてもショックなことだったのかもしれない。
　でも……。
「しょうがないじゃん！　もう二度と、バスケなんてできないんだから……っ」
　押さえていた感情とともに、涙が次々に溢れ出す。
　壊れたストッパーを修復する術を、私は知らない。
「私だって、叶うことならバスケしたかったよ！　憧れの高校に入学して、バスケばっかりの毎日を送りたかった！」
　泣き喚いても、高野くんが輝いていたというあのころの私には戻れない。
　それがわかってるから、感情のやり場を見つけられなくて、余計に苦しい。
「バスケできないって、なんで……」
「病気なの。脳腫瘍。……長くても、夏までの命……って言われてる」
　上手に説明することができればよかったのに、今の私にそんな余裕はなかった。
　目の前の世界が涙で滲んで、何にも見えない。
　こんなこと、高野くんに告げるつもりじゃなかったのに……。
　後悔にさいなまれる私を、大きな温もりが包み込む。
「ごめん……。軽々しく聞いていい話じゃなかった」
　今自分は高野くんに抱きしめられているんだと認識しながら、必死にかぶりを振った。

バスケができない理由が、まさか病気だなんて誰も思わないよ。
　ごめんは、こっちのセリフ。
　クラスメートのこんな話を、背負わせてしまってごめんなさい。
　弱い私で、ごめんなさい……。
　……どれくらいそうしていただろう。
　鼻をすする音がしたあと、高野くんのか細い声が耳元で響いた。
「名良橋は……病気のこと、知ってんの？」
「……ううん。名良橋くんには……夏に転校するって言ってある」
「な……なんだよそれ……っ」
「いいのこれで！　何があっても、名良橋くんには絶対に言わないで」
　名良橋くんは、過去に梨央さんという幼なじみを失っている。
　その傷を抉るようなこと、絶対にしたくないんだよ。
『いなくなったりしねーよな？』
　この言葉は名良橋くんにとって、祈りにも似た願いだったと思うから。
「早坂さんはバカだよ……」
　ぎゅっと、肩を抱く手に力が込められる。
「もっと自分の思いどおりに生きればいいのに……」
　その言葉を最後に、高野くんは黙り込んでしまった。

高野くんの温もりを感じながら、私は心の中でたくさん謝った。
　誰かを傷つけたりしないように１人でいようって決めたのに、簡単に揺らいでしまってごめんなさい。
　クラスメートのこんな話を、高野くん１人に背負わせることになってしまってごめんなさい。
　不器用に、だけど真正面から向き合ってくれる名良橋くんに、嘘をついてばかりでごめんなさい……。
　何度繰り返しても足りない気がして、それが無性に悔しくて……余計に、涙が溢れてきた。

第 2 章
second angel

◊

ジレンマを抱えて

　校外学習を2日後に控えた朝、起き抜け一番に私を襲ったのは頭痛だった。

　次いで気だるさまでやってきたもんだから、滅入る。

　病院で処方してもらった薬を飲んでから体温を計ると、世間一般では高熱と呼ばれる数字が表示された。

　これはまずい……。

　時刻は7時半。

　先生、誰かいるかな……。

　ベッドサイドで充電器に繋いだままのスマホを手に取り、電話帳から学校の番号を呼び出して発信ボタンを押す。

　コール音は4回目で切れ、野太い声が電話に出た。

　回線の向こうにはどんな先生がいるのか、皆目見当もつかない。

　聞くと本田先生はまだ来ていないと言うので、「体調不良で休むと伝えておいてください」とお願いして電話を切った。

　うーんダメだ、動けない……。

　そのまま、ベッドに倒れ込む。

　ぼんやりする意識の中、頭を整理するいい機会かもしれない、と思う。

　けれど体調が悪いのも事実で、ベッドに体を沈めながら、電話で使い切ってしまった体力の回復を待った。

お昼すぎまで寝ると、気だるさは残るものの幾分か楽になった。
　よし、行くなら今のうちだ。
　タクシー会社に連絡したあと、のそのそと出かける態勢を整える。
　お母さんたちにも先生にも、転ぶと危ないから体調が優れないときはタクシーを使いなさいって言われてるんだ。
「うぅ……。久々にこれはきついなぁ……」
　壁伝いに玄関まで移動し、やっとのことで靴を履く。
　外に出ると、すでにアパートの下でタクシーが待機してくれていたので、階段を慎重に下りてから車に乗り込んだ。
　余生を実家で過ごすと決めていたら、どうだったのかな。
　お父さんがすぐに車を出して、病院まで連れていってくれたのかな。
　お母さんはお粥を作って、看病してくれたかな。
　お姉ちゃんは、そうだなぁ。私の心細さを汲み取って、ずっとそばにいてくれるんだろうなぁ……。
　考えても仕方のないことなのに、熱のせいか家族のことばかり思い出してしまう。
「……」
　弱いなぁ、私。
　また、戻りたいなんて思っちゃったよ。
　私が願うのはいつも、叶わないものばかりだ。

　長い待ち時間を経て診察してもらい、受付で薬を貰って

から再びタクシーでアパートに戻る。

　熱が上がっているのを感じながらも、なんとかお金を払ってタクシーを降りた。

　それとほぼ同時に、アパートの前に見覚えのある姿を見つける。
「お。おかえり。病院帰りか？」

　当然のように私に向かって軽く手を上げたのは、名良橋くんだった。

　げ、幻覚？　熱にやられて、ついには幻覚を見るようになった？
「おーい、大丈夫かー」

　虚ろな目で名良橋くんを眺めていると、反応を示さない私に不安を覚えたのか、距離を詰めて目の前で手をぶんぶんと振ってくる。

　あ、これ現実か。
「なんで……名良橋くんがいるの？」
「なんでって……お前が休んでるからだろ。たいぽんに聞いたら体調崩してるって言うから、心配で様子を見に来たんだよ」

　心配で……。

　心細かったところに、その言葉は反則だよ……。
「部活は？　休みじゃないよね？」
「あー、うん。ま、高野が適当に理由つけといてくれるらしいから大丈夫だろ」

　高野くんが……。

私の病気を唯一知る高野くんは、どんな気持ちでそう言ってくれたんだろう。
　病気のことを打ち明けた日から彼の態度は何１つ変わらないけれど、きっとかなりの重荷になっているはず。
　そんな高野くんの心情を推し量ると、申し訳なさが込み上げた。
「ごめんね、わざわざ来てもらっちゃって……」
　ふわふわとした感覚の中で謝ると、名良橋くんが眉根を寄せた。
「あのな、早坂。こういうときは、もっとうれしい言葉があるもんだぞ」
　あ……そっか。
　"私のせいで、大好きな部活を休ませちゃってごめんなさい"。貰ってうれしいのは、そんな卑屈な考えじゃない。
「来てくれてありがとう」
　"大好きな部活を休んでまで、心配して家に来てくれてありがとう"。素直な感謝を貰うほうが、私なら何倍もうれしい。
「どういたしまして」
　名良橋くんが目を細めて優しく言うもんだから、なんだか安心した。
　その拍子に、足から力が抜けそうになる。
「っぶねー……」
　間一髪のタイミングで名良橋くんが支えてくれたので、崩れ落ちずに済んだ。

前にもこんなことがあったなぁ……。前はストーカーに追われているのかと思って焦っていたら、正体が名良橋くんだったとわかり力が抜けたので、完璧に名良橋くんのせいだったけど。
「大丈夫かよ。部屋まで歩けるか？」
「……ん」
　名良橋くんから体を離して歩き出そうとするけれど、足元に感じる浮遊感がそれを阻む。
「あーもう！」
　しびれを切らしたような名良橋くんの声が聞こえた瞬間、体が本当にふわりと浮いた。
　何事ですか、これは。
　数瞬のあと、名良橋くんが私をお姫様抱っこしているのだと理解する。
「やだ、恥ずかしい！　下ろしてっ」
「そんなこと言ってる場合じゃねーだろ。酔っ払いみたいな足取りしやがって」
　２階だったよなと確認を取りながら、名良橋くんはズカズカと歩き出す。
　抗議しようにも熱のせいで力が出ない。
　せめてもの救いは、まわりに人がいないことだ。
　こんなところを人に見られたら、恥ずかしくて消えちゃいそうだもん。
　名良橋くんは私を抱きかかえながら、慎重にアパートの階段を上っていく。

「どこの部屋?」
「……一番奥」

　見られたくなくて、両手で顔を覆いながら答えた。
　手も顔も熱いのは、きっと熱のせいだけじゃない。
　アパートの前で、ようやく足が地面につく。

「あり、がと」

　恥ずかしくて、名良橋くんの顔をまともに見ることができない。
　いつか、名良橋くんは私のことを天然だって言ったけど、同級生の女の子をなんのためらいもなくお姫様抱っこしちゃう名良橋くんのほうが、よっぽど天然だと思うんです。

「あれ……」

　カバンの中から鍵を探し当てて鍵穴に差し込もうとするけど、視界がぼやけてうまくいかない。

「何してんだ。貸せ」

　私の手から鍵を奪い取った名良橋くんが、扉を開けてくれた。

「靴脱げるか?」
「厳しい、かも」

　足元がふらついて、転んじゃいそうだ。
　今さら取り繕っても仕方ないので、素直に伝える。

「悪い、お邪魔するぞ」

　私を家の中に押し込んで、断ってから名良橋くんも中に入った。
　私を玄関に座らせ、小さな子どもにするように靴を脱が

せてくれた名良橋くん。

　何から何まで、本当に申し訳ない……。
「あともうちょっとだけ我慢しててな」
　我慢？
　何を、と問う前に足が再び地面を離れた。
　次に下ろされたのはベッドの上で、その拍子にスプリングがギシッと沈む。
「ほんとに、ありがと……」
　お姫様抱っこにはびっくりしたけど、名良橋くんがいなきゃどうなってたことか。
　私を見下ろす名良橋くんにお礼を告げると、名良橋くんはホッとしたように息を吐いた。
　が、次の瞬間、視線は部屋に向けられる。
　こまめに掃除してるし散らかってはないはずだけど、変なもの置いてたりしないよね？
　遠くでぼんやりと考えていると、名良橋くんの目が再び私を捉えた。
「……ここに、家族で？」
　……へ？
「ここで、厳しい親と一緒に住んでんの？」
　質問の意味を理解できなくて固まった私に、名良橋くんは猜疑心に満ち溢れた様子で言葉をつけ足した。
　言われて気づく。
　あっ、そうだ。私、1人暮らしなんだ。
　どこを見ても私の荷物しかなく、この部屋で2人以上が

生活しているとは考えられない。
　親が厳しいとか門限とか、いろいろな嘘をついていたことを思い出す。
　でも、これだけの状況が揃っていては、言い逃れられそうにないな……。
「今は……別々に住んでるんだ」
「今は？」
「仕事で海外にいるの。夏になったら戻ってくるから、それに合わせて転校することになってるんだ」
　口から出まかせを、いけしゃあしゃあと、よくもまあ。
　体調が悪いにもかかわらずこんなにも饒舌に嘘を並べられるなんて、もはや一種の才能のように思えてきたよ。
「ってことは、１人暮らし？」
「うん」
　頷くと、名良橋くんは顔をしかめた。
「先に言えよ、そういうことは」
　後頭部をガシガシとかきながら、名良橋くんは深いため息をつく。
「キッチン借りるぞ」
「えっ」
　突拍子のない発言に思わず体を起こす。
　ベッドのそばにリュックを置いた名良橋くんは、制服の袖をまくりながら玄関付近のキッチンへと向かった。
　嘘でしょ？　本当に？
　キッチン借りるって、そういうことだよね？

買い物には一昨日行ったから食材はあるとして……名良橋くんって、料理できるの？
　抱いた一抹の不安は、少しして聞こえてきた規則的な包丁の音によってかき消された。

　ウトウトしていた私の鼻に、おいしそうな匂いが届く。
　重いまぶたを持ち上げると、名良橋くんが私の顔を覗き込んでいた。
「お。起きた」
「……っ!?」
　今、私が元気なら叫んでいたに違いない。
　お、じゃないよ！
　近いよ、距離が！
　思いがけない近距離に困惑するけれど、名良橋くんがそれに気づく気配はない。
　やっぱり、天然なのは名良橋くんじゃん。
「お粥できたけど、食える？」
「うん、食べる……」
　ゆっくりと体を起し、まだ少し痛む頭を縦に振る。
　さっきまでは食欲なんてなかったけど、いい匂いに食指が動いた。
　その匂いの元は、ネギがたっぷり入った卵粥だった。
　名良橋くんからお茶碗を受け取って、そっとお粥を口に運ぶ。
「おいしい……！」

匂いもさることながら、味も抜群。
　体調の悪さなんてどこかに飛んでいったんじゃないかってくらい、箸が進む。
　正確に言うと、使ってるのはレンゲなんだけど。
「口に合ってよかったよ」
　パクパクと食べ続ける私に微笑みながら、名良橋くんが床に腰を下ろす。
「名良橋くんて料理できるんだね」
「親が共働きだし、年の離れた妹がいるからな。って言っても最低限だけど」
　そういえば、前にお迎えの話してたなぁ……。
「由羽ちゃんだっけ？　何歳なの？」
「今年３歳」
「３歳!?」
　予想よりも小さくてびっくりした。
　勝手に、年長さんくらいだと思ってた……。
　ってことは、13歳も離れてるのか。
「写真ないの？　見たい」
「ちょっと待って」
　ポケットから取り出したスマホを慣れた手つきで操作して、それからすぐに私に画面を向けた。
　そこには、小さな女の子のあどけない寝顔。
「かわいすぎない？」
「まぁ、小さいしな」
　かわいいってことは否定しないのね、お兄さん。

からかったら怒られそうだから、絶対に言わないけど。
「由羽ちゃんにとって、きっと名良橋くんは自慢のお兄ちゃんなんだろうね。料理がうまくて、自分のことを大事にしてくれて」
「そんなことねーよ。部活ばっかで、ろくに遊んでやれないし」
　この前なんか、と苦々しい顔の名良橋くん。
「ままごとに付き合えっていうからやったら、違うそうじゃない！ってキレられた」
　名良橋くんが、おままごとで3歳児に怒られてる姿を想像する。
　……何それ、ほのぼのしすぎじゃない？
　ちょっと、見てみたいかも。
　口角を上げた私を、名良橋くんが忌々しそうに睨む。
「笑うなよ。俺だって必死だったんだから」
「ごめんごめん。悪気はないんだよ」
　名良橋くんはそんなことないって言うけど、自慢のお兄ちゃんだと思うなぁ。
　たぶんちょっと……ううん、だいぶ恥ずかしがりながら、それでも必死になっておままごとをしてくれるんだもん。
　お粥を食べ終えると、名良橋くんが引き取ってテーブルの上に置いてくれた。
　ごちそうさま。どういたしまして。
　当たり前のやり取りなのに、それが私たちの間に生まれたというだけで、なんだか胸の奥がむずがゆくなった。

再度ベッドに横たわり、もぞもぞと布団を口元まで引き上げる。
「いいなぁ。私も小さい子と遊びたい」
「だったら、今度由羽と遊んでやって」
「そんなこと言っちゃっていいの？　本気にするよ？」
「あぁ。絶対に疲れるけどな」
　そんなの全然いい。気になんない。
「じゃあ、夏までに絶対に会わせてね」
　夏までに。
　名良橋くんが表情を曇らせた理由は、多分そのワード。
　名良橋くんは知ってる。夏に、別れが訪れることを。
　だけど、名良橋くんは知らない。それが、一生の別れであることを。
　知らないままでいい。
　知らないまま、名良橋くんには笑っていてほしい。
　時折見せるくしゃっとした笑顔を、私は天国に行っても見ていたいよ。
「あのさ……」
　――ブー、ブー……。
　名良橋くんが何かを言いかけたとき、スマホのバイブ音が部屋に響いた。
　一瞬顔を見合わせてから、お互いに端末を確認する。
　私……じゃないみたい。
　ってことは、名良橋くんか。
　どうやら着信だったらしく、彼は私に断りを入れてから

電話に出た。
「もしもし。……うん、もう外。うん」
　電話の相手は女の人なのか、時折受話口から漏れ聞こえる声のトーンは高い。
　少しの間、相槌を打っていた名良橋くんの顔つきが、ふと真剣なものになる。
「……わかった。すぐ行く」
　"じゃあ"とか"また"とか、そういう文言のないまま、名良橋くんは会話を畳んだ。
　そして、電話を切って私に向き直る。
「ごめん、帰るわ。母親から連絡あって、仕事が長引きそうだから由羽を迎えに行ってくれって頼まれた」
「そっか」
　腰を上げた名良橋くんは、急いでるはずなのにテーブルに置いた食器をキッチンへと運んでくれた。
　再び部屋に戻り、リュックを背負いながら私を見下ろす。
「お粥、多めに作ってあるから腹減ったら食えよ。あと、水分もちゃんと摂れ」
　なんか、お母さんみたいだな。面倒見のよさは、やっぱり沁みついたお兄ちゃん気質から？
　ベッドに寝転んで名良橋くんを見上げながら、わかった、と顎を引いた。
　そんな私を見下ろす目を細めて、優しく微笑む。
「なんかあったら連絡して。すぐに来るから」
　言い残して、彼は足早に部屋を出ていった。

1人になった部屋で、真っ白な天井をぼうっと見上げる。
　……今の、なんだ？
　心臓が、妙に暴れているような気がする。
　胸に手を当てても、収まる気配は一向にない。
　原因と思われる去り際の名良橋くんの笑顔と言葉を思い浮かべると、とっても温かい気持ちになった。
　その半面、きゅうっと締めつけられて……少し苦しい。
　何だこれなんだこれナンダコレ。
　こんな感情、私は知らない。
「……熱が上がってきたんだ」
　熱のせいで、感情がコントロールできなくなってるんだ。
　きっとそうだ。
　布団を頭まで被り直し、思考を無理やりシャットアウトした。

果たせない約束

　雲1つない真っ青な空。
　快晴とは、今日みたいな空を指すんだと思う。
　まさに校外学習日和、って言うにはちょっと大袈裟かもしれないけど。
　集合場所に指定された水族館近くの広場につくなり、瀬川さんと高鳴さんが私に駆け寄ってきた。
「早坂さん！　もう体調は大丈夫なの？」
「うん、おかげさまで。連絡できなくてごめんね」
「そんなの全然いいんだよ。今日は来られてよかったね」
　結果として、私は2日間学校を休んだ。
　熱は徐々に下がったけど、昨日のお昼くらいまでは頭痛と目眩が治まらなかったんだ。
　欠席した理由を風邪と信じて疑わない2人は、班員が全員揃ってうれしそうにしている。
　伊東くんも名良橋くんも、いつもどおり。
　ただ1人、私の欠席理由の察しがついてしまう高野くんだけは、複雑そうな表情を浮かべていた。

　学年全員で先生の話や注意点を聞いてから、水族館の中に入る。
「俺、イルカショー観たい」
　通路を進んでいると、前を歩く伊東くんが目をキラキラ

と輝かせて勢いよく振り向いた。
「まだ時間じゃないでしょ」
「あと1時間くらいあるよ」

　瀬川さんと高野くんにさらっとかわされ、不満げに唇を突き出す伊東くん。

　そんな彼を見て、隣を歩く名良橋くんが呆れたように笑った。
「子どもかよ」
「あはは、元気だよね」

　半歩前を歩く名良橋くんを見つめてみる。

　……大きいなぁ。

　背丈ももちろんそうなんだけど、背中っていうか器っていうか。

　他の人にはない安心感を、この人は与えているような気がする。
「そういえばさ」

　ほうっと眺めていた後ろ姿が振り返る。

　あまりに無防備だったので、突然のことに思わず背筋を伸ばした。

　幸いにも、私が見ていたことに名良橋くんは気づかなかったみたい。
「風邪、完全に治ったのか？」
「あ……うん、もう平気。家まで来てくれて、ありがとね。お粥もおいしかった」
「いや……。元気ならよかった」

安堵したように息を吐いた名良橋くんに、心の中で何度も謝る。
　ごめん。
　ほんとは風邪じゃなかったんだ。
　完全になんて治ることはないの。
　平気じゃない。いつまた体調が悪くなるかわからない。
　心配してくれたのに、本当のことは何1つ言えない。
　嘘しか返せなくて、ごめんね。
「……名良橋くんは？　お迎え、大丈夫だった？」
「あぁ、それは大丈夫だったんだけど……」
「けど？」
　横顔を見上げて聞き返すと、名良橋くんは眉を少し下げて再び口を開いた。
「会議で遅くなるとかで、今日もお迎え頼まれた」
　お迎えは嫌じゃないけど、校外学習のあとだと思うと気が重い……ってとこかな。
「お兄ちゃんも大変だね」
　伊東くんたちより一足遅れて展示エリアに足を踏み入れると、そこには幻想的な空間が広がっていた。
　薄暗い中でぼんやりと青く照らされた水槽に、小さな魚たちが悠々と泳いでいる。
「わぁきれい……！」
　水槽に駆け寄り、順に中を覗き込んでいく。
　あ。この魚、とくにきれいだなー。
　緑っぽい？　黄色……？　でも、紫に見えなくもないよ

うな……？

　なんて名称の魚なんだろ……。

　水槽の隣にある魚の説明を読もうと体を引いた瞬間、背負っていたリュックが誰かにぶつかった。

　しまった、まわり見てなかった……。
「すみません。……って、高野くんか」

　謝罪の言葉とともに振り向いてぶつかった人物を確認すると、伊東くんたちと先に行っていたはずの高野くんが立っていた。

　高野くん越しに、さっきまで一緒にいた名良橋くんが他の水槽を覗き込んでいる姿が見える。
「ちょっといい？」

　水槽から漏れる淡い光に照らされ、高野くんの神妙な面持ちが浮かび上がる。

　わざわざまわりに人がいないときに声をかけてくるってことは、この2日間について聞きたいんだろうなぁ。

　きっと、一番心配してくれていたのは高野くんだ。

　返事代わりに頷くと、高野くんは私の隣に並んで水槽に視線を向けた。

　説明が記されている側に彼が立ったから、妙に心惹かれた魚の名前を知ることは叶わなかった。

　……ううん、違う。

　高野くんが話しかけてきた時点で、魚の名前は私にとって重要なものではなくなってたんだ。
「体調、もう大丈夫なの？」

「とりあえずは大丈夫。ごめんね、心配かけたよね」
「そりゃね。まぁ、今日は元気そうだから安心したけど」
　高野くんは、あくまでも観賞しながらこの話を進めたいらしい。ごく自然に次の水槽に足を向けるので、私もそのあとに続く。
「ただの風邪じゃなかったんでしょ？」
「……うん。頭痛とか目眩とか、病気の症状が出てた」
　具体的な内容により現実味が増したせいか、返事はなかった。
　こんな重すぎる話を、男子高校生１人の胸に留めておくのは酷だよなぁ。
　負荷を考えると他言されても文句は言えないようにも思うけど、高野くんが私の病気を誰かに明かした様子はない。
　その優しさが高野くん自身の首を絞めているんだとしても、平穏な高校生活を望んだ私にとってはものすごくありがたかった。
　……私ってば、自分勝手だなぁ。
「私からも聞いていい？」
「うん。何？」
「なんで部活を休ませてまで、お見舞いに行けって名良橋くんに言ったの？」
　あくまでも、観賞しながら。
　高野くんにならって、抱いた疑問をぶつける。
　お見舞いなら、病気のことを知ってる高野くんのほうがきっと適任だった。

それなのに、名良橋くんに行かせた理由は？
「病気のこと、名良橋くんにも打ち明けさせる気だった？」
「違うよ」
　私の言葉を聞いて、弾かれるように水槽から私に視線を移した高野くん。
　疑いようのないくらいはっきりと、彼は私の意地悪な問いを斬った。
　可能性がないわけではないと思って聞いてみたけれど、迷いなくその可能性を切り捨ててくれたことに心底ホッとする。
「病気のことを知らなくても、早坂さんには俺より名良橋のほうがいいと思ったから」
「……え？」
　高野くんの真っ直ぐな視線と私のそれが、ばちっとぶつかる。
　水槽の明かりとともに高野くんの瞳に映り込む私は、言葉の真意を読めずに情けない顔をしているに違いない。
「どういうこと……？」
「俺らの中で早坂さんとの距離が一番近いのは、名良橋じゃん」
　口元に少しの笑みを含んだ高野くんは視線を水槽に戻し、それからは何も言わなかった。
　距離が近いって……家同士のこと？
　高野くんは私の家がどこか知ってたっけ？
　っていうかそもそも、そんな類の話じゃないよね……？

高野くんがくれた答えの真意を見抜けないまま、伊東くんたちに呼ばれて次のエリアに移動することになった。

　伊東くんが見たがっていたイルカショーのあと、昼食を摂るべく館内のレストランに入った。
「歩き回ったからお腹ペコペコだよー」
「はしゃぎまくってたからだろ」
　2つしかないメニュー表を、女子と男子に分かれて見る。
　私と瀬川さんの間に座る高嶋さんが持ってくれているので、横から覗き込んだ。
「どれもおいしそうだね」
「ね。迷っちゃう」
　エビフライとかスパゲッティとか、メニューに並んでいるのはよくあるラインナップだけど、プレートのライスがイルカの形をしているのは水族館らしさを押さえている。
「マグロ丼……は、さすがに今は無理だな」
「さっき泳いでるの見たもんねぇ」
　確かに。
　別のマグロってわかってても、わざわざここで頼もうとは思えないなぁ。
　となると洋食だけど……うーん、どれもおいしそうで決められない。
「名良橋くんはもう決まったの？」
　向かい側に座る名良橋くんが頬杖をついて窓の外を眺めていたので、参考にしようと声をかける。

名良橋くんは視線だけをこちらに寄越し、小さく頷いた。
「何にするの？」
「……グ」
　頰杖をついた手で口元を覆ってしまっているため、声がくぐもって聞き取れなかった。
「ごめん、聞こえなかった。なんて？」
「……ハンバーグ」
　そっぽを向いたまま、名良橋くんはぶっきらぼうに答えた。その様子を見た高野くんが、隣に座る名良橋くんを肘で突く。
「こいつ、何よりもハンバーグが好きなんだよ。今だって、ろくにメニューも見ないで決めたしね」
「そういえば、前にファミレス行ったときもハンバーグ食べてたよな」
「名良橋って意外と子どもっぽいとこあるよねー」
　みんなが盛り上がる中、話題の中心の人物は眉間にシワを寄せて難しい顔をしている。
　でもその耳がほんのり赤く染まっていることは、内緒にしておこう。
　悩み抜いた末に、私はスパゲッティを頼んだ。
　みんなそれぞれに料理を注文し、いつもとは少し違ったランチを堪能した。

　レストランを出てすぐ、意見が割れた。
「ペンギンショーがいい」

「いや、水族館に来たんだからイルカと触れ合うべきだろ」
　ペンギンショーと、イルカと握手ができる触れ合い体験の時間が重なっていて、高嶋さんと高野くんはペンギンショーが見たい様子。
　反対に、瀬川さんと伊東くんはイルカと触れ合いたいみたいで、どっちに行くかという議論が勃発(ぼっぱつ)してしまった。
「さっきショーでイルカ見たじゃん」
「見るのと触るのは別物でしょ」
　ら、らちが明かない……。
　隣の名良橋くんも同じことを考えていたらしく、彼は深いため息をついてからペンギン派とイルカ派の間に割って入った。
「そんなに行きたいなら、分かれて行けばいいだろ」
　班員の別行動は禁止されてるけど、収拾をつけるにはこうするしかなさそう。
　是が非でもって感じで、お互いに譲る気配はなかったし。
「バレたら面倒だけど、そのときはみんなで怒られようよ」
　名良橋くんの言葉をあと押しすると、意見が割れていた彼らも納得したように頷いた。

　ペンギンショーと、イルカとの触れ合い体験の間で意見が割れていたはずなのに……なんでこんなことになっているんでしょうか。
「やっぱここ、きれいだな」
「……そうだね」

頭上を優雅に泳ぐ魚たちを静かに見上げる名良橋くん。

今私たち2人がいるのは、ペンギンショーが行われる野外ステージでもイルカと触れ合えるプールでもなく、館内のトンネル水槽。

……やっぱり、どうしてこうなった？

水中をゆっくりと浮遊するウミガメを眺めながら、頭の中を整理する。

ペンギンとイルカ、正直どっちでもよかった私は行く先を決めあぐねていた。

同じくどちらにもあまり興味を示していなかった名良橋くんは、閃(ひらめ)いたように顔を上げて、『もう1回トンネルに行きたい』と言ったんだ。

レストランに入る前に潜った神秘的なトンネルが、かなり気に入っていたらしい。

意見を通してもらった側の高野くんたちが反対の意を唱えることはなく、結果としてとくに行きたいところがなかった私が名良橋くんに付き合うことになったんだ。

「……」

見渡す限り青に包まれた幻想的な空間で、静かに魚を仰ぎ見る私たち。

言葉を交わすこともなく、どれくらいそうしていたんだろう。

不意に、隣から名前を呼ばれた。

名良橋くんがこちらを向いた気配はなかったので、私も青を見つめたまま応える。

「もしもこの水槽が突然壊れて、ここが水で埋め尽くされるとしたら……どうする?」

いきなり、命の危機に曝されるとしたら。

突拍子のない、なんてヘンテコな質問なんだろう。

水槽を眺めていて、なんとなく思い浮かんだんだろうなぁ……。

それを頭に留めておかずに言葉にしちゃう名良橋くんって、ちょっとヘンテコ。

でも、きっと。

「何がなんでも、名良橋くんだけは助かってもらうかな」

その質問に大真面目に向き合って答えた私のほうが、もっとヘンテコだ。

「……」

答えたはいいものの、名良橋くんからの返答はない。

もしかして、外しちゃったかな……。

イワシの大群を目で追いながら流れるように隣を向くと、名良橋くんが目を丸くして私を見ていた。

やっぱり外しちゃったんだ私!

本気で答えた分、ものすごく恥ずかしくなってきた!

両手で顔を覆うと、隣で空気の震える音がした。

「バカ、なんで俺優先なんだよ」

指の隙間から、淡い光に照らされて小さく笑う名良橋くんが見える。

いつもの雰囲気じゃないからか、なんだかとってもドキドキするよ。

「だって……名良橋くんに死なれたら困るし」
「なんだそれ」
　理由になっていない理由をもごもごと並べる私に、名良橋くんは口角を上げたまま眉をハの字にする。
　そして、再び水槽を仰いで彼は言った。
「でも……うん。俺も、お前と同じ……お前だけは助かってもらうかな」

　それぞれの目的のイベントが終わり、別行動がバレることもなく合流することができた。
　時間にはまだ余裕があったけど、ほとんどのエリアを堪能し終えていたので、少し早めに朝と同じ集合場所に戻った私たち。
　他愛ない話に花を咲かせているうちに他の班も徐々に集まってきたけど、集合時間に数分遅れた班がいくつかあった。
　彼らが先生にこっぴどく怒られてみんなに謝る光景、中学のときも見たなぁ……。
　それから学年主任の先生の話と連絡事項を聞き、現地解散となった。
「楽しかったねー」
「ほんと。来てよかった！」
　駅までの道を歩く間も、愉快な時間は続く。
「ペンギンショー、どうだった？」
「すっごくよかったよ！　種目ももちろんすごかったんだ

けど、みんなエサ食べるのに必死なのがかわいくて」
「え、ちょっと見たかったかも」
　瀬川さんと高鳴さんに挟まれながら何気ない会話を交わしていると、自分がごく普通の女子高生になったように感じる。
　だけど、それも束の間。
「またみんなで来たいね」
「いいね、賛成！」
　すぐに、現実に引き戻された。
　"またみんなで"。その中に、私の姿はきっとない。
　私にとっては、たぶん今日が人生最後の水族館。
「私……今日、みんなといられてよかった」
　ぽつりとこぼすと、瀬川さんと高鳴さんがきょとんとした目で私を見た。
　少しの間のあと、高鳴さんが私に抱きついてくる。
　次いで、反対側から瀬川さんも。
「早坂さんってば、急にかわいいこと言ってどうしたのーっ」
「いきなりときめかせないでよー」
「えへへ、ごめん。でも、本当にそう思ったんだ」
　参加するつもりのなかった校外学習がこんなに楽しいものになったのは、一緒にいたのがみんなだったから。
　傷つけてしまうことになるのは十分わかっているのに、残された時間をもっとみんなと過ごしたいって思っちゃうよ……。

「うわっ！」
　突然、すぐ後ろから悲鳴にも似た声が聞こえた。
　瀬川さんと高鳴さんに抱きしめられたままゆっくり振り向くと、持っていたリュックに手を突っ込んで青ざめている名良橋くんがいた。
「どしたの、急に」
　恐る恐る問いかけた高野くんのほうに名良橋くんが顔を向けたけど、その動きはまるでブリキのロボットみたいにぎこちなかった。
　ギギギ、っていう鈍い音が聞こえてきそう。
「か、鍵」
「鍵？」
「家の鍵、忘れた……」
　蚊の鳴くような声で紡がれた事実に、今度は私が声を上げる。
「由羽ちゃんのお迎え行かなきゃなんないのに!?」
「えぇ!?　何してんだよ名良橋！」
　その場にいた全員が、ぎょっと目を剥いた。
　名良橋くんが由羽ちゃんのお迎えに行くときは、大抵ご両親の帰りが遅い場合だということを、みんなも知っているみたい。
　西の空に輝く太陽が、名良橋くんの緊急事態なんてお構いなしに容赦なく私たちを照らしつける。
　普段なら何も思わないけど、今日に限っては『お迎えの時間が迫ってますよー』って西日に知らされているように

感じるよ。
「うちにおいでよって言ってあげたいけど、名良橋の家から結構距離あるからなぁ……」
「うちも。小さい子を連れてくるのはちょっと厳しいだろ」
「高野のとこは？　同中なら、家も近いでしょ？」
　妙案だ、とみんなの視線が高野くんに集まる。
　が、高野くんは申し訳なさそうに頭を振った。
「今日このあと、家族で出掛けることになってるんだ。ごめん」
　名良橋くんのまとうオーラが、ずうんっと一層暗くなる。
　いよいよ名良橋くん、ピンチっぽい。
「名良橋くんのお家ってどこなの？」
　投げかけた質問には、沈む名良橋くんの代わりに高野くんが答えてくれた。
　学校の最寄りから、電車で6駅。
　学校の最寄り駅は、私の家の最寄り駅でもある。
　3歳の子を連れて電車に乗るのは大変かもしれないけど、他に状況を打開する策がないのなら……。
「うち、来る？」
　言うなり、今度は私に注目が集まった。
「駅からはちょっと歩いてもらうことになっちゃうけど！　名良橋くんがよかったら……」
　おいでよ。言い終わる前に、手をがしっと掴まれる。
　瞬間、心臓がドキッと跳ねたのは、温もりが訪れたのがあまりに突然だったからだ、絶対。

「すっげー助かる……！」
　こうして、"夏までに"と言っていた由羽ちゃんとの対面が、思わぬ形で叶うことになった。

　由羽ちゃんが通っている保育園は、家と駅のちょうど中間地点にあるらしい。
　名良橋くんが由羽ちゃんを迎えに行っている間に、3人分の夕飯を作ることにした。
　アパートに戻る前にスーパーに寄ったはいいものの……何を作ろう？
　3歳の子って、何が好きなの？
　っていうか、私たちと同じものを食べても平気？
　アレルギーを持っていないことは教えてもらったけど、由羽ちゃんに関するそれ以外の情報は何もない。
　わーん、わかんないよー！
　こんなことなら、いったん別れる前に名良橋くんに聞いておくんだった……。
　買い物カゴを持ったまま立ち尽くす私の前を、小さい男の子を連れたかわいらしい女の人が通りすぎる。
「晩ご飯は何が食べたい？」
　男の子に向かって、ママさんと見られる女の人が問いかける。
　思わぬチャンスに、私は耳をダンボにして2人の会話に意識を集中させた。
「なんでもいいの？」

「いいよー。ママの作れるものならね」
「んっとね、じゃあね、オムライス！」
「好きだねぇ。いいよ、そうしよっか」

　微笑ましい光景を繰り広げながら、救世主たちは精肉コーナーへと歩いていった。
　この際、今の男の子が何歳なのかは無視しよう！
　幸い卵アレルギーもないみたいだし、今晩のご飯はオムライスに決定だ！

　なんとか３人分のオムライスとスープを作り終えたとき、玄関のチャイムが鳴った。
　名良橋くんだ！
「はいはーい」
　返事をしながら玄関を開けると、案の定そこには名良橋くんがいた。
　その陰に隠れるようにして、由羽ちゃんと覚しき小さな女の子が立っている。
　かっ……かわいい……っ！
　写真で見た何倍もかわいいのに……。
「どうしてお兄さんはそんなに仏頂面？」
　由羽ちゃんと手を繋ぐ名良橋くんの眉間には、深いシワが刻まれている。
　その理由がわからなくて首をかしげると、名良橋くんは長く息を吐いてから私を睨んだ。
「今、誰だか確認せずに出ただろ」

「……へ?」
「鍵を開ける音もしなかったし。……1人暮らしなんだから、もっと用心しろよ」
　う、わ。
　これは反則だよ、名良橋くん。
「……うん、気をつけます」
　火照る顔を見られないように俯いて頷くと、短い返事がぶっきらぼうに返ってきた。
「にーに。このひと、だれ?」
　幼い声に顔を上げると、由羽ちゃんが名良橋くんの足にぎゅっとしがみついていた。
　あ……。そりゃそうだよね。
　いきなり知らない人の家に連れてこられたって、怖いだけだよね。
　名良橋くんがキャラじゃない呼ばれ方をしているのは、この際置いておこう。言ったら怒られそうだし。
　部屋の外にいる2人との距離を詰めて、由羽ちゃんと視線を合わせるべく、その場にしゃがみ込む。
「初めまして、由羽ちゃん。にーにのお友達の、早坂由仁って言います」
「ゆに?」
「こら由羽。呼び捨てはねーだろ」
「あはは、いいよぉ。由羽ちゃん、好きなように呼んでくれていいからね」
　笑いかけると、ちょっと戸惑った様子で「ねーね」と言っ

た由羽ちゃん。
　ね……ねーねですって!?
　今私のこと、ねーねって呼びましたか。
「名良橋くん、聞いた？　ねーねだって」
「あぁ」
「どうしよう。かわいすぎて心臓もたない」
　そりゃ、名良橋くんもかわいがるわけだ。
　妹や弟がいるっていいなぁ……。
「どうぞ、入って。ちょうどご飯もできたとこだから」
　2人を中に通し、完成した料理をテーブルに運んでいく。
「悪いな、飯まで作ってもらっちゃって」
「んーん、全然。1人でも作んなきゃなんないし、気にしないで」
　みんなで食べたほうがおいしいしねーとつけ足すと、手を洗い終えた名良橋くんが複雑そうな顔をした。
　ザッピングして由羽ちゃんが好きそうな子ども向けの番組にテレビチャンネルを合わせてから、料理が所狭しと並んだテーブルの前について手を合わせる。
「いただきますっ」
　真っ先にスプーンを手に取ったのは、意外にも由羽ちゃんだった。
　ケチャップのかかったオムライスを、パクパクと口に運んでいく。
　テレビに映るキャラクターには目もくれない。
「オムライス、由羽の大好物なんだよ」

呆気に取られてその様子を眺めている私に、説明がなされる。
　続いてスプーンを手に取りご飯を食べ始めた名良橋くんが、小さく首をひねった。
「って、言ってなかったよな？　これ」
「うん。言ってなかったよ」
「すげー偶然。もともとオムライスにするつもりだったのか？」
　名良橋くんの問い掛けに、ふるふると首を振る。
　１人だったら、適当にチャーハンでも作ろうと思ってたんだけど……。
「由羽ちゃんが何食べられるかわかんなくてさ。スーパーで何にしようかなって迷ってたら、ママさんと小さい子の会話が聞こえてきて」
「盗み聞き？」
「ちょっと。人聞きの悪いこと言わないでよ」
　参考にしただけ、と唇を突き出すと、大して変わんねーよって笑われた。
　小さい子のこと、何もわかんなかったんだから仕方ないじゃん。
　情報を与えなかった名良橋くんが悪いんだよ。ふんだ。
「あ、由羽ちゃん。ほっぺにケチャップついてるよ」
　夢中でオムライスをかき込んでいた由羽ちゃんに、自分の頬を指しながら声をかける。
　すると由羽ちゃんは手で自分の頬を拭い……ケチャップ

が広範囲に伸びてしまった。
　相手はまだ3歳に満たない女の子。
　そうだよね、そうなるよね。
「ごめん、とってあげればよかった。ちょっと待ってね」
　ベッド脇に置いてあったティッシュボックスを引き寄せ、由羽ちゃんの頬をそっと拭う。
　……よし。
「もう大丈夫だよ」
　ＯＫサインを出すと、由羽ちゃんは再びオムライスに手を伸ばした。
　ケチャップがついたティッシュをゴミ箱に捨て、食事を再開しようとしたところで名良橋くんと視線が絡む。
「ちゃんと"ねーね"してんじゃん」
「……バカにしてるでしょ」
「してねーよ」
　きのこが入ったスープを飲みながら、名良橋くんがふっと目を細める。
「なんか、ほんとの姉妹みたいだなーって思った」
　それが、そんなに穏やかな表情をしてる理由？
　……やめてよ。調子狂うじゃんか。
　むずがゆい気持ちを抑えつつ、ぱっと顔をそらす。
「な……名前も似てるしねっ」
「ほんとだ。俺と由羽はともかく、早坂までそっくりじゃん」
　由貴に由羽に、由仁か。
　名良橋くんの薄い唇が、噛みしめるようにそれぞれの名

前を紡ぐ。
 こんなふうに優しく呼んでもらえるなんて、由仁って名前でよかった……って、私ってば何考えてんだ！
 暴走していた思考を振り切るように、わざとらしいほど明るい声を出した。
「だ……だったら！　私と名良橋くんもキョウダイになっちゃうね」
「確かに。早坂が妹かぁ……」
 さも当然のように発された言葉に、すかさずストップをかける。
「なんで私が妹なのよ」
 不満たらたらに言うと、名良橋くんがきょとんとした目を私に向けた。
「俺のほうが兄貴って感じするじゃん」
「自分で言う!?」
「うん。自分で言う」
 淡々とした声色であしらわれ、いよいよ悔しくなってきた。
 確かに私は次女だし、名良橋くんのほうがしっかりしてるかもしれないけど！　最初っから決めつけるのは違う！
 むうっと頬を膨らませていると、ある考えに行きついた。
　……そうだ！
「キョウダイだったら誕生日が早いほうが上だよね。名良橋くん、いつ？」
 ムキになって聞いたけど、実は自信があるんだ。

私の誕生日は、来月の28日。つまり、6月だ。
　半数以上の同級生は私よりあとに生まれてるわけだから、名良橋くんもそうだと踏んだんだ。……けど。
「俺？　6月5日」
　やっぱり淡々とした口調によって、私の自信は真っ向から圧し折られた。
　嘘でしょ。まさか半数以下のほうなんて……。
　がっくりと肩を落とした私に、今度は名良橋くんが問い返す。
　噛み潰すように誕生日を口にすると、彼は満足そうに口角をにやりと上げた。
　やな感じ！　生まれたのがちょーっと早いからって！
　って、この話題に誕生日を持ち込んだのは私なんだけど。
「ごちそうさま。おいかった」
　完食した名良橋くんによってお皿に置かれたスプーンが、カチャンと音を立てる。
　完食してくれたことにホッとしながら、どういたしましてと応える。
　コップのお茶を口にしてから、名良橋くんが食器を持って立ち上がった。
「食器洗いは俺がやるから」
「え、いいよ。私がやる」
「いいって。飯食べさせてもらってんだし、これくらいさせてくれ」
　何かしないと気が済まない。

そんなふうに言われたら、食い下がれない。
「じゃあ……お願いします」
「おう。任せとけ」
　請け負った名良橋くんが食器を手にキッチンに向かう背中を眺めながら、私も最後の一口を食べ終える。
　手を合わせて、ごちそうさまでした。
　少しお腹が膨れてきたのか、由羽ちゃんの食べるスピードは格段に落ち、意識はテレビに向いているようだった。
「由羽ちゃん、もうお腹いっぱいなのかな？　少なめに作ったつもりだったんだけど」
　キッチンに立つ名良橋くんに食器を手渡しながら言うと、彼は眉をひそめた。
「あれくらい食えるはずだぞ」
「うーん、でも今はテレビに釘づけだよ」
　険しい顔のまま、キュッと水道の蛇口を閉めた名良橋くん。
　制服の袖を捲った手をシンクに掛けている花柄のタオルで乱雑に拭いてから、由羽ちゃんの元へと戻っていく。
「由羽、手が止まってる。オムライスもスープも残ってるぞ」
「もうおなかいっぱいなの」
「ダメだ。ちゃんと全部食べろ」
　由羽ちゃんの隣にどかっと腰を下ろして、名良橋くんは由羽ちゃんが見入っていたテレビをなんの躊躇いもなく消してしまう。
　そ、それはまずいんじゃ……。

「う……うわぁぁぁん！」

 危惧したとおり、テレビを取り上げられてしまった由羽ちゃんが大声で泣き出してしまった。

 ２人のそばに慌てて駆け寄り、由羽ちゃんのふわふわの頭を撫でる。

「無理して食べなくていいよ。お腹いっぱいなんでしょ」
「いや、ダメだ」

 断固として譲らない態度で、名良橋くんは泣き続ける由羽ちゃんを軽々と抱き上げて膝の上に座らせた。

 そして、お皿の上に置きっぱなしになっていた小さいスプーンを右手に持つ。

「ほら、にーにが食べさせてやっから。ねーねがわざわざ由羽のために作ってくれたご飯を無駄にすんな」

 なだめるように言ってから、オムライスをすくって由羽ちゃんの口元まで運ぶ。

 由羽ちゃんは頬を涙で濡らしながらも、素直にそれを食べ始めた。

 傍らで２人の姿を見つめながら、ドクドクと脈が速くなっているのを感じる。

 今日は、やっぱりどこかおかしいな。まだ体調が回復してないのかな。

 だって変だよ。

 名良橋くんの何気ない一言に、何度も胸が鳴るなんて。

「……よし、全部食べたな。ごちそうさまは？」
「ごちそーさまでしたっ」

涙混じりに手を合わせた由羽ちゃんの頭を、名良橋くんがはにかみながらぐりぐりと撫でる。
「偉いぞ、由羽」
　褒められて、由羽ちゃんはとってもうれしそう。
　当たり前だけど、由羽ちゃんの前ではすっごく"お兄ちゃん"なんだな。
　こんな姿、学校では絶対に見られないだろうから貴重だなぁ……。
「今から皿洗ってくるから、由羽はテレビ見てて」
「やだ！　にーといっしょがいい」
　名良橋くんの肩に顔を埋めた由羽ちゃんは、絶対に離れないと言わんばかりの強い力で制服を掴んでいる。
　ここで無理やり引っぺがすと、きっと由羽ちゃんの機嫌を損ねることになってしまうだろう。
「名良橋くんは由羽ちゃんといてあげて。洗い物は私がするから」
　名良橋くんも同じ予想を立てていたようで、申し訳なさそうにしながらも、今度は素直に引き下がった。

　洗い物を終えて部屋に戻ると、由羽ちゃんは名良橋くんの腕の中で寝息を立てていた。
　その隣に静かに腰を下ろす。
「洗い物、ごめんな。ありがとう」
「ううん、全然。由羽ちゃん、寝ちゃったんだね」
「あぁ。起きるときにぐずんなきゃいいけど」

机の上に置いてあった名良橋くんのスマホが震えた。
　私に断ってから、彼がそれを手に取る。
　眠る由羽ちゃんを抱っこしながらスマホを弄る姿は、本当にレアだと思う。たぶん、口頭で説明されても想像つかない。
「母親から、仕事終わるまでもーちょいかかるって。ごめん」
「だったら、由羽ちゃんベッドに寝かせてあげたら？　腕、しんどいでしょ？」
　何キロくらいあるのかはわかんないけど、ずっと抱き続けるのは大変なはず。
　自由も利かないだろうし、と提案すると、名良橋くんはちょっと迷った素振りを見せてから頷いた。
　由羽ちゃんを起こさないよう慎重にベッドに下ろし、名良橋くんが息を吐く。
「校外学習で疲れてんのに、巻き込んで悪かった」
「疲れてるのは名良橋くんもでしょ。気ままな１人暮らしだし、ほんとに気にしなくていいから」
　こんなイレギュラーも、普通の生活を送っているからこそのものだもん。
　名良橋くんがどう思ってるかはわかんないけど、私にとってはすごく幸せなことなんだよ。
　なーんてことは口が裂けても絶対に言えないから、本音は心の奥に仕舞い込む。
「それにしても、早坂ってさ」
　名良橋くんが唐突に前置きして。

「将来いい奥さんになりそうだよなぁ」
　注ぎ足したお茶を飲みながら何気なしに放たれた言葉は、私を動揺させるのには十分だった。
　同じく飲んでいたお茶を吹き出してしまいそうになるのを堪え、なんとかコップを置く。
「きゅ、急に何……っ」
「だってさ、1人暮らしで家事も全部自分でやってるわけだろ？　将来、家庭持ったとき困らなそうだなーって」
　恥ずかしげもなく何言ってんの。
　見かけによらず、案外ロマンチックなこと考えるんだね。
　将来とか奥さんとか家庭とか、名良橋くんの口から出てくるなんて思ってもみなかったよ。
　頭の中でいろいろな文句をつけて、頭の先からてっぺんまで、全部が心臓になっちゃったような激しい鼓動の理由を探す。
「結婚とか……ずっと先の話でしょ」
　ようやく絞り出した声は、情けなく震えていた。
　気づいていないのか、名良橋くんは気にする素振りも見せず小さく首をかしげる。
「そうか？　女子って、16歳になったら結婚できんじゃん。案外すぐだと思うけど」
　なんて淀みのない、澄んだ目をしているんだろう。
　平穏な毎日が続いていくことを信じて疑わない、とても無垢な瞳。
「なんで男女で結婚できるようになる歳が違うんだろう

なー。女子のほうが16歳の誕生日にありがたみ感じる」
「……何、それ」
「だって男は16歳になってもバイクの免許が取れるようになるくらいじゃん」

　淡々と話し続ける名良橋くんに、うまく笑えている自信がない。
　黒い靄(もや)が、もぞもぞと心の中を駆け巡っている。
「免許も大学生になってから取るつもりだから、俺にとって16歳はあんま意味ねーけどな」

　耳を塞(ふさ)いでしまいたかった。
　名良橋くんが悪いわけじゃない。
　ただ、私の存在しない未来を名良橋くんが無邪気に思い描くことが苦しかった。
　大学生になった名良橋くんのそばに、私はいない。
「早坂」
「……ん」

　いつの間にか伏せていたまぶたを持ち上げると、名良橋くんが向ける真っ直ぐな視線に囚(とら)われた。
　彼は一瞬言い淀んでから、それでも私の目を見据えて口を開く。
「バイクの免許取ったら、後ろに乗ってくれるか?」

　ダメだ、と思った。
　何がどう作用してそう思ったのか、私にもわからない。
　だだ1つわかることと言えば、名良橋くんに抱く得体の知れない感情が、溢れてこぼれ出してしまいそうだという

こと。
「夏に、転校するって……」
「もっと先の話をしてんだよ。転校したって大学生になったって、その気になればいつでも会えるだろ」
　楽しげに語っていた未来に私の姿を思い描いてくれたことが、胸がいっぱいになって泣いてしまいそうになるくらい、うれしい。
　でも、それ以上に苦しいよ。
　名良橋くんは着々と年を重ねていくんだろうけど、結婚ができるようになる16歳のまま、私の時間は止まってしまうから。
「早坂、言ったじゃん。いなくならねーって。だから」
　真っ直ぐな瞳が、微かに揺れる。
　名良橋くんがここまで〝存在〟に固執するのは、梨央さんのことがあったからなのかな。
　今もまだ、私に梨央さんを重ねているのかな。
　考えるとまた苦しくなって、目の奥が熱くなったからとっさに俯いた。
　そんな私を、名良橋くんは逃がしてくれない。
「顔上げろよ」
「やだ……っ」
　無理だよ。せっかく抑えようと思ったのに。
　顔なんか上げたら、目に涙の膜を張ってることがバレちゃうじゃない。
　ぎゅっと唇を噛んで溢れそうになる涙をのみ込もうとし

た瞬間、膝の上で静かに震えていた拳に私のものでない手が重ねられた。
「早坂」
　手のひらから伝わる温もりが、私の名前を切なく呼んだ名良橋くんの掠れた声が……ギリギリで保っていた理性を壊した。
「……約束して」
　重ねられた手を、ぎゅっと握り返す。
　涙の堤防は呆気なく崩壊した。
「私を乗せるまで誰も後ろに乗せないって……約束して！」
　お互いの熱がマーブルみたいに混濁して、冷静さまでものみ込んだ。
　声を荒げた私の肩を、名良橋くんが躊躇いがちに抱く。
「約束する。ちゃんと守るから。だから……絶対だぞ」
　すがるようにそう言った名良橋くんが、腕の力をぎゅっと強めた。
　このとき肩を震わせていたのは、私と名良橋くんのいったいどっちだったんだろう。

　それからしばらくして、彼らのお母さんが車でアパートまで迎えに来た。
　こっちが申し訳なくなるくらい頭を下げてお礼を言ったその人は、どことなく名良橋くんに雰囲気が似ていた。
　眠ったままの由羽ちゃんを抱きかかえた名良橋くんとの間に少しの気まずさを感じながら、３人をでき得る限りの

笑顔で見送る。
　バタンと音を立てて扉が閉まった瞬間、後悔と罪悪感が一気に押し寄せて私はその場にしゃがみ込んだ。
「なんてこと言っちゃったんだろう……っ」
　自分を見失って、決して叶うはずのないことを懇願してしまった。
　自分勝手な約束で縛っても、名良橋くんを傷つけてしまうだけって……わかってたのに。
「ごめん……。ごめんね、名良橋くん……っ」
　１人になった静かな部屋で、うわ言のように謝罪の言葉を繰り返す。
　そして、その先で思ってしまったんだ。
　ボロボロになって交わしたこの約束を、果たしたいって。
　生きて、名良橋くんが思い描いた未来を現実にしたいって……。

重なる熱

　ぼんやりとした視界とともに、意識が現実世界に引き戻される。
　白い天井に、クリーム色のカーテン。それと、鼻に届く消毒液の匂い。
　それらの情報から病院にいることを認識した直後、鋭い痛みが頭を駆け抜けた。
「……っ」
　いまだ鮮明さを取り戻さない視界が、ぐるぐると回っている。
　なんで私、ここにいるんだっけ……。
　状況を把握しようとしても、病院のベッドの上で目を覚ますことになった経緯を何1つ思い出せない。
「なんで……」
　脳腫瘍は記憶に関する問題を引き起こすことがあるって、転院前の担当医の先生から聞いたような気がする。
　……嘘でしょ？　私の病気、そんなに進行してるの？
　背筋がぞっとして、途端に足元が真っ暗になる。
　――怖い。漠然と、そう思った。
「目、覚めたのね」
　クリーム色のカーテンの向こうから、白衣を着た女医さんが姿を現す。
　彼女は黒木(くろき)先生っていって、竹を割ったような性格の持

ち主だ。
　転院してからは、主に黒木先生に診てもらっている。
「びっくりしたよ。女の子が搬送されてきたと思ったら、由仁ちゃんだったから」
「搬送……。やっぱり私、どこかで倒れたんですか？」
　体をゆっくりと起こしながら聞くと、黒木先生はアーモンド形の目を見開いた。
「……覚えてないのね」
　こくりと頷くと、先生は深く息を吐いた。
「体調不良を訴えて学校の保健室を訪れ、そのまま意識を失ったって話よ」
　そう、だったっけ……。
　事実として伝えられても、記憶に靄がかかったみたいに思い出せない。
　こめかみを押さえて難しい顔をする私に、白衣のポケットに手を突っ込んだままの黒木先生が一歩近づく。
「由仁ちゃん。自分でもわかってると思うけど……思ったより病気が進行してる」
「……っ」
「私としては、今すぐにでも入院してほしい」
　黒木先生の希望に首を振ったのは、ほぼ反射だった。
「入院は絶対に嫌、です」
　無機質な部屋。閉鎖された世界。
　そこに身を置いて病気が治るのならいくらでも入院するけれど、現実はそんなに易しくなかった。

もうすぐ尽きてしまう命を、時間を、病院で浪費するのだけはどうしても嫌だよ。
「まぁ……なんとなくわかってたけどね」
「困った患者でごめんなさい」
「ほんとよ」
　でも、と続けられる。
「私が由仁ちゃんの立場でも、きっと同じ道を選ぶと思うから」
　私の頭にぽんっと乗せた手で、ぐりぐりと撫でつける黒木先生。
　ボサボサだった髪が、もっとボサボサになっちゃった。
「無理はしないこと。いいね？」
「……はい」
　今回みたいに倒れちゃったら、またみんなに迷惑がかかるもんね。
　あ。そういえば……。
「あの」
「何？」
「うちの家族に連絡とかは……」
　恐る恐る聞くと、思い至ったように「あぁ」と声を上げた黒木先生。
「学校の保健の……なんだっけ、松風先生？　が連絡入れておいてくれたみたいよ。今日中にはお見えになるって」
「そう、ですか」
　仕事も予定もあるはずなのに……。

家族のためになると思って離れて生活することを望んだけれど、逆に負担を掛けてしまってる。
　心苦しさを感じつつ、カーテンを閉めて病室を出ていった黒木先生を見送った。
　無意識のうちに布団を掴んでいた手を、目の前にそっと掲げる。
　動く。見える。
　私はまだ、生きている。
「……っ」
　でも、いよいよ終わりの時間が近づいてきているみたい。
　作った拳にぎゅっと力を入れた瞬間。
「肝が据わってるんだね」
　不意にカーテンの向こう、隣のベッドから女の子の声が聞こえてきた。
　あまりに突然のことに目を丸くしている私に、開けていいかと同じ声が問う。
　少し迷ってから「はい」と答えると、数瞬の間のあとカーテンが揺れた。
　クリーム色の向こうにいたのは、顔立ちがはっきりしたとってもきれいな女の子。
　その手にはピンク色のイヤホンが握られている。
「ごめんね、急に。先生との会話が聞こえちゃったから、つい」
　って言っても、音楽聴いてたから〝入院しない〟ってとこしか聞こえなかったんだけどね、と続けて彼女。

どうやら、病状のくだりは聞こえていなかったらしい。
「あ、いや……大丈夫ですけど……」
　入院してたころもこんなふうに突然話しかけられることはなかったから、新鮮というか戸惑うというか。
　困惑しっぱなしの私に、彼女は明るく白い歯を見せる。
「さっきの、黒木先生でしょ？　担当じゃないのに声掛けてくれたりするし、いい先生だよね」
　それは間違いない。
　引っ越しを機に病院を替えるのは少し不安だったんだけど、私の気持ちを理解して尊重してくれる黒木先生に出会ってそれは拭われた。
「黒木先生が担当なの？　えーっと……」
　すらりとした指を向けられ、名前を尋ねられていることを悟る。
　名乗ると、形のいい唇が私の名前を紡いだ。
「かわいい名前！　どんな字書くの？」
「えっと……自由の由に、仁義の仁」
「へぇ！　じゃあ、私の好きな人と１文字違いだ」
　言ってから、彼女の表情が一瞬曇った。
　それも束の間、またすぐに笑顔に戻る。
「って、私から声掛けておいてまだ名乗ってなかったね。私は――」
「早坂さん」
　彼女の言葉に重ねるように、カーテンの外から名前を呼ばれた。

この声、この呼び方……。高野くんだ。
　カーテンは開いたままだけど、どうしようもないし……このままでいいよね。
　彼女に断ってから「どうぞ」と返事をすると、ゆっくりと開けられたカーテンの向こうから、心配の色を浮かべた制服姿の高野くんが姿を見せた。
　その目が私を捉え、表情に少しの安堵が混じる。
「起き上がってて大丈夫なの？」
「うん、今は大丈夫」
「そっか。よかった」
　ほっと息をついた高野くんがベッドの近くに来たところで、カーテンを挟んで隣にいる彼女の存在に気づいたらしい。
「え……」
　その瞬間、高野くんの大きな目がより一層大きく見開かれた。
　意味がわからず隣を向くと、彼女も高野くんと同じような顔をしていて、やっぱり私だけが状況をのみ込めないでいる。
「なん、で……？」
　必死に声を絞り出すように高野くんが呟いたとき、開けっ放しだったカーテンの隙間から名良橋くんが遅れて入ってきた。
「早坂、だいじょ――」
　言い終わらないうちに、名良橋くんの真っ黒な瞳に彼女

が映される。

　私の領域外で硬直しかけていた場が、名良橋くんの登場によって完全に固まった。

　生まれた沈黙の中で、嫌な予感が私の胸の中を駆け巡る。

　嘘でしょう。こんな偶然あるわけない。でも。

　高野くんが呼んだ名前や2人の反応により徐々に状況をのみ込みかけていたけれど、心のどこからか流れてくる自分本位な感情に任せて、それを押し戻そうと躍起になった。

　だけど。

「り……お……」

　沈黙を破った名良橋くんの声に、のみ込めないでいた状況が一気に食道を通り抜けて胃に入る。

「由貴……」

　大きな目いっぱいに涙を浮かべて愛おしそうに名良橋くんを見る彼女を、彼らは結城梨央と呼んだ。

　一瞬にして、さまざまな記憶が脳内に蘇る。

『俺の幼なじみ。梨央っていうんだけどさ。家が近くて、幼稚園のころからずっと一緒だった』

『あいつ、いなくなったんだ。中2の冬に』

『父親が抱えてた借金を返せなくなって、家族で夜逃げしたんだ』

　悔やんでも悔やみきれない。そんな様子で語った名良橋くんの姿も。

『……名良橋くんと同じ中学なら、高野くんも知ってるんでしょ？　幼なじみの……梨央さんのこと』

『あいつから聞いたの？　結城梨央のこと』

からかいの延長で交わした高野くんとの会話も。

全部、昨日のことのように鮮明に覚えてる。

点と点が、1本の線によって繋がった。

「会いたかったよ、由貴……っ」

この人は、名良橋くんがずっと帰りを待ち望んでいた幼なじみだ。

目の前で繰り広げられる感動の再会を外野から眺めながら、心が鈍く痛むのを感じた。

「……大丈夫？」

そう言って差し出されたペットボトルを受け取るけれど、曖昧な返事をすることしかできない。

病室のあるフロアの談話スペースで、車イスに座る私の正面に腰を下ろした高野くんもまた、困ったように口角を上げるだけだった。

「車イス借りて連れ出しちゃったけど、体調は平気？」

「……うん、大丈夫。ありがとね」

パキッと音を立てて、高野くんがミネラルウォーターのキャップを開ける。

同じようにして開けたお茶を流し込んだとき、初めて自分の喉がカラカラに渇いていたのだと知った。

「……早坂さんも、もう気づいてると思うけど」

言いづらそうに高野くんが切り出した。

進んで聞きたい内容じゃなかったけど、ここで触れない

のもかえって変だ。
　うん、と頷いて自らの逃げ場を遮断する。
「あいつが、夜逃げした名良橋の幼なじみ」
「……うん」
「親が離婚して、名字変わったんだな。俺も名良橋も、病室のネームプレート見ても全然気づかなかった」
　そりゃそうだよ。
　いなくなって、名字まで変わった同級生に、まさかこんな場所で再会するだなんて誰も思わない。
　梨央さんは、どうしてベッドの上にいるんだろう。
「梨央さんね。私の名前を知ったとき……好きな人と1文字違いだって言ったんだ」
　あのとき表情が曇った意味を、今なら理解できる。
　梨央さんの好きな人は、名良橋くんだ。
「ねぇ、高野くん。今から私が言うことは、人として最低のことかもしれない。私のこと、軽蔑するかもしれない」
「いいよ」
　間髪入れず、はっきりと高野くんが言う。
「軽蔑なんか絶対しない。ちゃんと、受け止めるから」
　我慢しなくていいよ。その言葉に、堰が切れた。
　抑え込もうとした感情が、一気に溢れ出す。
「嫌だ、って思ったの。梨央さんに対して名良橋くんが後悔してること、知ってたのに。梨央さんじゃありませんようにって、心の底から願ってる自分がいた……っ」
　指先が震える。

知らなかったんだ。
　私の中に、こんな真っ黒な感情があるなんて。
　醜い感情を吐露することが、こんなにも怖いなんて。
　名良橋くんに出会ってなかったら、きっと知らずに済んだのに。
「私、最低だ……！」
　左手の甲に爪を立てると、皮膚の隙間から鮮血が滲んだ。
「大丈夫だよ」
　穏やかな声色で言った高野くんの大きな手によって、優しく、でも確かな力でその手を解かれる。
「早坂さんは最低なんかじゃない」
　ふわり。高野くんの温もりが、泣きじゃくる私を包み込んだ。
　身を乗り出して私を抱き締めてくれている高野くんが、子どもをあやすように私の背中をぽんぽんと軽く叩く。
「お互いに後悔を残したままだったあいつらの再会を目の当たりにして、そんなふうに思うのは仕方ないんじゃないかな」
　背中に伝わる規則的なリズムと高野くんの言葉が、荒ぶった私の心を鎮めていく。
　仕方ないこと。そう言って肯定されると、それが免罪符になってしまう。
「そうなの……かなぁ……」
「うん。でも、それはある条件を満たさないと成り立たないんだ。それがなんなのか、早坂さん、わかる？」

条件……？
　今のぐちゃぐちゃの頭では、この問いに対する答えを自分自身で探し当てることはできない。
　高野くんの肩に顔を埋めたまま素直にわからないと答えると、彼の腕に込められていた力がそっと緩められた。
「早坂さんが名良橋を好きであること」
　心臓を直接叩きつけられたような、そんな感覚を覚える。
　それくらい、衝撃的な答えだった。
「も、もちろん好きだよ？　でも、それは高野くんも同じで……っ」
「そう言ってくれるのはうれしいけどね」
　耳元で、高野くんが小さく笑う。
「早坂さんが抱くあいつへの好きと俺への好きには、大きな違いがある」
　お願い、言わないで。
　聞いたら、気づいてしまう。
　目をそらして逃げ続けてきた感情に、明確な名前を与えてしまう。
　聞いちゃダメだって脳内に警告音が鳴り響いているのに、耳を塞ぐことができないのは逃げることに疲れちゃったからかな。
「恋愛感情……」
「うん、そう。早坂さんは、あいつのことが異性として好きなんだよ」
「……」

「早坂さんが名良橋に向けてるのは、紛れもなく恋愛感情だよ」

断定的に言われた言葉が、どこにも引っかからずに私の中に舞い降りてしまった。

名良橋くんのためを想うなら、そばにいるのは私じゃなくて梨央さんのほうがいい。わかってるのに、心が嫌だと叫ぶのも。

叶わないって知ってるのに、バイクの後ろに１番に乗りたいって思うのも。

彼の言葉に一喜一憂したり胸が高鳴ったりすることも。

全部、私が名良橋くんを異性として好きだからだとすると辻褄(つじつま)が合う。

あぁそうか。これが恋なんだ。私、名良橋くんのことが好きなんだ。

逃げてきた恋心に真正面から向き合って存在を素直に認めてやったら……湧(わ)き出るように涙が溢れてきた。

「うぇぇぇ……っ」

子どもみたいに、それこそテレビを取り上げられた由羽ちゃんと同じように声を上げて、みっともなく泣いた。

恋って、もっと甘いものだと思ってたよ。

浮き足立ったようにふわふわして、世界が見違えたようにキラキラと輝きだすんだと思ってた。

もちろん、そういう恋の形もあるんだろう。

でも、人生最初で最後の私の恋はそうじゃないみたい。

「高野くん」

「……ん」
「死んじゃうってわかってるけど……それでも、好きでいることくらいは許されるかなぁ……？」
　溢れそうになるこの気持ちを、絶対に伝えたりはしないから。
　高野くんの腕に、再び力が込められた。
「ほんと、早坂さんってバカだよなぁ……」
　高野くんの掠れた低音が、耳元で苦しそうに響く。
「人を好きになることに、誰の許しも必要ないよ」
　高野くんってすごいね。魔法使いみたいだね。
　私の一番欲しい言葉で、私を肯定してくれる。
　高野くんがいなかったら、もうすぐ死んでしまうという事実に耐えきれなくなってたかもしれないし、名良橋くんへの感情に向き合うこともなかったかもしれない。
　どれだけ感謝しても、しきれないや。
「俺、思うんだよね。好きになっちゃいけない人なんていない。恋は、自由だって」
「へ……？」
「恋は自由。これ、結構名言だと思わない？」
「自分で言っちゃう？」
　私を笑わせるためにおどけて言ったことには、気づいていた。だから、笑った。巧く笑えている自信はなかったけれど、それでも笑った。
　恋は自由。
　誰を好きでいてもいい。どんな形でも構わない。

生まれたばかりの先が見えない想いに、高野くんが光を与えてくれた。
「だったら……私の恋は、名良橋くんの幸せを願う恋にしたいな」
　今はまだ本音じゃない。他の人と幸せになってほしいなんて、微塵も思ってない。
　でも、私に未来はないから。
「名良橋くんと梨央さんが笑い合う姿を見て、嫌だなんて思わないように」
　せめて今は強がって、時間をかけてでも心を追いつかせればいいよね。
「変、かな」
　高野くんの腕の中で小首をかしげて問うと、彼は頭を小さく振った。
「早坂さんらしくていいと思う」
　肯定してくれた声は微かに震えていて、そこに隠されている高野くんの本心が痛いくらいに伝わってくる。
　病気を打ち明けたときも、もっと自分勝手に生きればいいのにって言ってくれたことを思い出した。
「ごめんね、高野くん。高野くんには、心配とか迷惑かけてばっかりだね」
「心配は今さら。迷惑なんか全然。早坂さんも名良橋も、俺の大事な友達だから」
　友達のために、こんなにも心を痛めることができる高野くんはやっぱりすごいよ。

そんな彼がこれから先、行き詰まるようなことがあったとき、私も何かの力になりたいと思うけれど……残り短い時間では叶わなそうだなぁ。
　来世で恩返しするねって言ったら、怒られちゃうかな。
「……高野くんて絶対モテるでしょ」
「え……何急に、どうしたの」
　問い返す声色に困惑が見え、ぱっと体が解放された。
　空気に触れた肌が、そこはかとなく冷たく感じる。
「優しいし、面白いし。何より、恋愛マスターみたいなこと言うし」
「最後のは完璧からかってるよね!?」
「あはは、そんなことないって」
　さっきの空気はどこかへ吹き飛び、自然といつもの私たちに戻る。
　病室に戻る心の準備ができるまで、高野くんは私に付き合ってくれた。

　病室に戻ると、名良橋くんの姿はもうなかった。
　高野くんが梨央さんに尋ねると、とっくに帰ったと言う。
「あいつ、なんで何も言わないで……」
　ため息をつく高野くんの傍らで小さくなっていると、射るような鋭い視線を梨央さんから向けられた。
　高野くんもそれに気づいたらしく、私を庇うように一歩前に踏み出す。
「そ、それにしても！　結城……って、今は相原だっけ。

ずいぶん久しぶりだな」
　わざとらしく声を張り上げた高野くんに、今度は梨央さんが息を吐いた。
「いいよ、結城のままで。っていうか、庇うの下手すぎ」
　冷たく言い放った梨央さんに、カーテン越しに声を掛けてくれたときの優しさや柔らかさは見つけられない。
　悪寒にも似た何かが背筋を冷たく走った。
「悪いけど、高野は帰ってくれない？」
「え……」
「由仁ちゃんと２人きりで話したいことがあるの」
　こんなふうに言われたんじゃ、身を引くしかない。
　当の私も、名指しされておいて、ましてや隣のベッドで、逃げられるはずがなかった。
　振り返った高野くんの心配そうな視線が向けられる。
　梨央さんが気を悪くしてしまう恐れがあるので、大丈夫だよ、などとは言えない。返事の代わりに、小さく笑って頷いた。
「……わかった、帰るよ。早坂さん、来週からテストだからね。早く元気になって、学校で会おうね」
　去り際の高野くんの言葉でようやく合点がいく。
　部活生の２人がお見舞いに来ることができたのは、テスト前で部活がなかったからだったんだ。

　高野くんを見送り、梨央さんのベッドのそばまで車イスを寄せる。

話って、十中八九名良橋くんのことだろうな……。
　自分から切り出すことでもないので黙っていると、彼女の鋭い眼差しに捉えられた。
「由仁ちゃんって、由貴のこと好きなの？」
　真正面から投げられたド直球は、私ができ得る最大限の警戒も無意味なほどの威力を持ち合わせていた。
　ぐっと言葉に詰まり、彼女はそれを肯定と受け取ったらしい。
「やっぱり……。そうだよね。あいつ、ちょっと不器用だけどいいやつだもんね」
　ぶっきらぼうな名良橋くんが本当はとっても優しいことを、私は知ってる。
　そして、出会って日が浅い私が知っている程度のことを、幼なじみである梨央さんが知らないはずがないのだ。
　コートを駆け回っていたころの私や入院中の私を名良橋くんが知らないように、私が知らない２人の過去がある。
　そんなの当然のことなのに胸がズキッと痛むから、恋ってやつは自覚した途端に厄介だ。
「気づいてると思うけど……私も由貴のことが好きだから」
「……っ」
　視界の端で、布団を握る彼女の手に力が込められた。
　切羽詰まった告白が、私の不安定な恋心を揺らす。
「私の話は聞いてるんでしょ？」
　隠してもしょうがないので素直に頷いた。
　お父さんの借金、夜逃げ。決して他人である私が聞いて

いい話ではなかったけれど、私も、話してくれた名良橋くんでさえ、まさかこんなふうに再会する日が来るなんて、予想もしてなかった。
「……両親が離婚して、借金は父親が全部背負ったの。でも、とても新たに生活を始められる状況じゃなくて」
 ぽつりぽつりと紡がれる梨央さんの言葉に、私は必死に耳を傾けた。
「母親の職が見つかるまでの間、私は親戚の家に預けられることになった。当然風当たりは強かったけど、泣き言なんて言ってる暇なかったよ」
 怒りと憎しみと、悲しみ。
 梨央さんの力のある眼差しにさまざまな感情が交ざり合う。その目が、そう遠くない彼女の過酷な過去を物語っていた。
 七分丈の袖からすらりと伸びる白い腕は、あまり健康的には見えない。
「知り合いのいない隣町で母親との生活をスタートさせてからも、楽しいことなんて１つもなくて。由貴だけが、心の支えだった。いつか会えるかもしれない、そう思うことでなんとか自分を保ってたの」
「……」
「ストレスで倒れてこの病院に入院することが決まったとき、金銭面での不安はもちろんあったけど……それ以上にうれしかった。偶然に偶然が重なって、由貴にまた会えるかもしれないって」

夜逃げしたために自分から会いに行けない状況の中で、梨央さんは一縷の望みをかけたんだ。
　そして奇しくも、再会は叶った。
「由貴に何も言わずいなくなったこと、ずっと後悔してた。事情が事情だから仕方なかったってわかってたけど……どうしても気持ちに折り合いつけられなくて」
「……っ」
　梨央さんの気持ちが痛いほどわかってしまう。
　置かれた状況は違えど、彼女の心のアンバランスさは、病気が見つかったときの私ときっと似ている。
「私、今までいろいろなものを諦めてきた。たくさんたくさん頑張ってきたよ」
　大きな目に溜められていた水滴が、瞬きによって弾き出される。
　透明なそれを目で追って、やがてシーツに消えた瞬間、梨央さんの顔が悲しく歪んだ。
「だから由仁ちゃん、お願い。お願いだから、由貴だけは……！」
　続く言葉を梨央さんが言うことはなかったけれど、大体の内容は容易に想像することができた。
　由貴だけは私にくれたっていいじゃない。彼女はきっと、そう言いたかったんだ。
「由貴は絶対、渡さない」
　眼光鋭く睨みつけられ、私は最後まで何も言うことができなかった。

面会時間が終わる1時間ほど前、お母さんが病室にやってきた。
　いつもきれいに整えられている髪は乱れていて、私の姿を確認するなりぽろぽろと涙をこぼした。
　それから何も言わずにぎゅうっと抱き締められて、罪悪感が波のように押し寄せた。
　心配かけてごめん。でも、私は大丈夫だから。
　隣に梨央さんがいる手前、病気に関する話題は避けた。
　私が病気について話したがらないことに気づいたのか、お母さんも当たり障りのない話題を振ってくれて、それが何よりもありがたかった。
　治療はもうしていない。様子見で1日だけ入院してもらうと先生から説明を受け、お母さんは帰っていった。

　アパートに泊まったお母さんに連れられて退院するまで、梨央さんと顔を合わせることはなかった。
　梨央さんは私と会いたくなかっただろうし、私もどんな顔をすればいいのかわからなかったから、ちょうどよかったと思う。
　梨央さんと名良橋くんは私の知らないところでまた会ったりするのかな。それはやっぱり、嫌だなぁ……。
　そんな、醜く自分勝手な考えを振り切るように、私は病院をあとにした。

　学校に復帰できたのは、テストが始まる前日だった。

職員室に寄って本田先生と松風先生に体調について話してから、教室に向かう。

廊下を歩いていると、救急車で運ばれたことが噂になっているのか、面識のない、それも複数の生徒からじろじろと見られた。

好奇の対象になることは目に見えていたので、気に留めることなく教室の扉を開けた。

スライド式のドアを開くなり、そこにいるクラスメートのほぼすべてと言っていいほどの数の視線が私に向けられる。

「早坂さんっ」

一瞬しんっと静まり返った教室で、聞き慣れた声が飛んできた。すぐに、その声の主も。

勢いよく抱きついてきた高鳴さんを、かろうじて受け止める。

「心配したよー！ 大丈夫なの？」

「うん。ごめんね、心配かけちゃって。撮り溜めたドラマがおもしろくて夜更かしして見てたら、貧血起こして倒れちゃった！」

教室の内外に聞こえるよう、必要以上に大きな声で説明する。もちろん、徹夜でドラマは嘘だけど。

「もう、何してんのよぅ！ これから徹夜は禁止だからねー」

「えへへ、はーい」

唇を尖らせてぷりぷりと怒る高鳴さんに、他のクラス

メートも賛同している。
　倒れた理由にしては弱いかもって思ってたけど、みんな信じてくれたみたい。
　ホッとした半面、騙しているという事実に胸が締めつけられる。……なんて、今さらだけど。
　高鳴さんから解放されるなり、席についてスマホを弄っている名良橋くんに歩み寄る。
「名良橋くん」
　緊張しながら呼ぶと、彼はゆっくりと顔を上げた。
　わざわざ病院に来てくれてありがとう。もう大丈夫だから。言おうと思った言葉は、氷のように冷たい視線によって喉の奥に押し戻された。
「……っ!!」
　……なんで？　こんな名良橋くん、見たことない。
　初対面のときだってお互いに印象はよくなかったけれど、こんなふうに拒絶するような感じじゃなかった。
　もしかして……梨央さんと、何かあった……？
「おっ、早坂さん！　もう学校来て大丈夫なの？」
　沈黙を破ったのは、その場で固まっていた私でも無表情を崩さない名良橋くんでもなく、今登校してきたとみられる高野くんだった。
　渡りに舟！　と言わんばかりの勢いで私は体を翻す。
「うん、もう大丈夫！　残念なことに、明日からのテスト受けられるよ」
「そこは表向きだけでも幸いって言わなきゃ」

「あはは、やっぱり？」
　いつもどおりふざけていたら名良橋くんも参加してくるだろうと思った。
　だけど彼はこちらを向く素振りも見せず、揚げ句の果てにはイスから乱暴に立ち上がると教室を出ていってしまった。
「な、名良橋くんってばどうしたんだろうね？」
　高野くんに尋ねた声は、情けなく裏返ってしまった。
　それでも彼はいつものように明るく返してくれるんだろう、と思ってたのに。
「さぁね。あいつのことなんか興味ないからわかんないや」
　初めて……高野くんの笑顔を、怖いと思った。
　その瞳に冷徹さを宿らせたまま、彼は自席へと向かっていく。
　高野くん今、名良橋くんのことを"なんか"って切り捨てた？
　中学のバスケ部を引退するときに、また同じチームでプレーしようって約束するほどの仲なのに……？
　いよいよ意味がわからなくなって突っ立っていると、ぐいっと腕を引かれた。
　引いたのは瀬川さんで、そのまま教室の隅まで連れていかれる。
「おかえり、早坂さん。びっくりしたでしょ」
　何がとは言わなかったけど、名良橋くんたちのことを指していることは容易に想像できたので、こくりと頷く。

瀬川さんは長い前髪をかき上げながら、深く息を吐いた。
「なんか変なんだよね、あいつら。昨日１日、全然喋ってないし」
「え……」
「名良橋が朝からずっとおかしかったの。私らに対しても不機嫌だったけど、高野に対しては一段と酷くてさ。結局、高野も我慢の限界が来ちゃったみたい」
　原因は誰も知らないという。
　昨日１日ってことは、やっぱり一昨日、何かあったの？
　どことなく寂しそうに見える、高野くんの背中。
　結局、名良橋くんが教室に戻ってきたのは、チャイムが鳴り始めてからだった。

　テスト前日なので、授業は午前で終わる。
　授業っていっても、テスト範囲の内容を終えているためほとんどの時間が自習で、４時間目の古典も例外ではなかった。
　いつもと違ったのは、先生がいないこと。担当の先生が高熱を出したとかで急きょ休みになったと、朝礼のときに本田先生が言っていた。
　そして先生のいない自習の時間は、大半の生徒にとってもはや授業じゃない。
「最近ヨウチューバーにハマってんだよねー。オススメの人いない？」
「俺にもそのお菓子ちょうだい」

ポケットからスマホを取り出したり机の上にお菓子を並べたりと、みんな好き放題だ。
　もちろん真面目に教材やプリントに向き合ってる子もいるけど、圧倒的に前者のほうが多い。
　私もわいわいと楽しみたいクチだけど、休んだ分の授業が抜けているので、そうも言ってられない。
　瀬川さんは、突っ伏して寝ちゃってるし……。
「数Ⅰって昨日まで授業あったよね？　ノート見せてもらえないかな？」
　前の席の野口くんとの会話がひと段落したタイミングで高鳴さんに声をかけると、彼女は眉尻を下げた。
「ごめん、昨日持って帰っちゃった」
「そっか」
　他の人を当たろうと思ったとき、高鳴さんがあっと声を上げた。
　すぐに、後ろの席の高野くんを振り向く。
「高野って数学得意だったよね？　昨日の範囲、早坂さんに教えてあげてよ」
　高鳴さんの発言に、思わずぎょっとしてしまう。
　嫌だとかそんなんじゃなくて、むしろありがたいんだけど、申し訳ないっていうかなんていうか！
　予想外の展開に１人であわあわとしている私を見て、高野くんが優しく笑った。
「いいよ。俺も今から数学やろうと思ってたから」
　嘘だ！　今完全にスマホ触ってたじゃん！

「この辺に集まってるやつ多いから、早坂さんの席行こっか」

　机の中から数学の教科書とノートを取り出した高野くんは、席を立って先に私の席に行ってしまった。

　高野くん、普通だったな……。

　いいのかなぁ……と思いつつ、せっかくなので甘えることにする。

「ありがとう、高鳴さん」

「ううん。頑張ってね！」

　激励の言葉を受け取って自分の席に戻ると、友達の元へと出向きスマホでゲームをしている野口くんの席に、高野くんが座っていた。

　後ろを向く形で、私の席に教科書を広げている。

「結構難しいよ、最後のとこ」

「え、そうなの？　数学あんまり得意じゃないんだけど、大丈夫かなぁ」

「大丈夫なレベルまで持っていってあげるから心配ないよ」

　爽やかな笑顔とは裏腹に、口にしたのはなんとも体育会系らしいセリフ。

　それってつまり、かなりのスパルタってことじゃ……。

　案の定、高野くん……もとい、高野先生の授業はハードだった。

　濃い内容を短時間で叩き込まれ、私の頭はオーバーヒート寸前。

対する高野くんは活き活きとしていて、ちょっと笑っているではありませんか。
　これはあれだな、唸（うな）る私を見て楽しんでるな。
「じゃあ、最後にこの問題解いてみて」
　器用にペンを回しながら高野くんが指したのは、教科書に載っている応用問題。
　応用とか解けるわけ……って、あれ？　あれれ？
「うん、正解」
　解き終えると、その様子を頬杖をついて見ていた高野くんがノートに赤丸をくれた。
「これなら、最後の範囲は大丈夫そうだね」
　高野先生のお墨つき！　やった！
　教科書を改めて見ても、教えてもらった範囲は大丈夫そうだ。
　言ってたとおり、結構……いや、かなり難しかったのに、高野くんの説明がとってもわかりやすくて、すんなり理解できた。
「高野くんって、教えるのすっごく上手だね」
「それならよかった。数学だけは昔から得意なんだけど、人に教えることってあんまりなかったから、ちょっと緊張してたんだよね」
　そのわりには楽しそうにしてたじゃないですか、高野先生。
「先生よりわかりやすかったよ」
「それは言いすぎ」

恥ずかしそうに顔を背けた高野くんだけど、その耳は赤く染まっている。
　あ、照れてる。珍しい。
「ノート借りたかったんだよね。俺、使わないから持って帰っていいよ」
「ほんと？　助かるー！」
　家に持って帰って、写させてもらおっと。
　表紙に【数学Ⅰ】と書かれた青いノートを受け取って、教科書と一緒に机の中にしまった。そのタイミングでチャイムが鳴り、清掃時間に切り替わる。
「じゃあ俺、戻るね」
「教えてくれて助かった。ほんとにありがとね」
　高野くんを見送り、イスをひっくり返して上に乗せた机を教室の後ろに下げる。
　ほうきを取ろうと掃除用具箱に足を向けたところで、低い声に呼ばれた。
　そこに優しさなんて全然含まれていないことがわかるのに、胸がきゅうっと甘く締めつけられることが憎い。
　振り返ると、相変わらず眉間に深いシワを刻んだ名良橋くんが立っていた。
　がやがやとした教室内の雰囲気に不釣り合いなくらい静かに。
「どうしたの？」
「ちょっと来て」
　いつもなら有無を言わさず手を引くところなのに、彼が

私に触れることはなく、それだけ言って廊下に出ていってしまった。

なんだろう……。

得も言われぬ不安を抱えながら、名良橋くんの背中を慌てて追う。

その間も、救急車で運ばれた子だ、とたくさんの視線を向けられたけれど、気にしてる余裕なんてなかった。

名良橋くんが足を止めたのは、漫画やドラマに出てきそうな、人気(ひとけ)のない校舎裏。

ここに辿りつくまでに何度か声をかけたけれど名良橋くんが応えることはなく、私の中の不安は膨れ上がっていく一方だった。

ジャリ、と砂と上靴が擦れ合う音がして、ようやく彼の目が私を捉えた。

そして、名良橋くんの薄い唇が開く。

「……付き合ってんの？」

聞こえるか聞こえないかの声量で発されたのは、なんとも脈絡のない言葉。

付き合ってんの？　って聞かれた気がしたけど……。

何が？　っていうか、そもそも聞き間違い？

「ごめん、耳が遠くなっちゃったのかな。よく聞こえなかった！　もう1回言ってもらっていい？」

重い空気に耐えかねておどけて言ってみたけれど、名良橋くんの表情は険しいまま、重力が2倍になったようなこ

の状況を打開することもできなかった。
「だから……高野と付き合ってんのかって聞いたんだよ」
　私たち２人の間を、じめじめとした生ぬるい風が駆け抜けていく。
　名良橋くんが放った言葉の意味がよく理解できなくて、息を止めた。
　一緒に時間まで止まったんじゃないかって思ったけど、風に揺れる名良橋くんの黒い髪が、そんなことはありえないと私に教える。
　時間が止まるなんてありえっこないし、こんなにもリアルな出来事が夢だなんてありえっこないんだ。
　夢じゃないなら、これはいったい。
「な……なんで私と高野くんが……」
「仲よさげに２人で勉強してたじゃん」
「それは私が昨日まで休んでたから……！」
　待って。何を言ってるの、この人。
　梨央さんと何かあったんじゃないの？
「勉強を教えてもらうくらい、友達なら別に普通でしょ？」
　一緒に勉強してただけで、どうしてそんな飛躍した考えに行きつくの。
「じゃあ、抱き合ってたのは？　あれも普通だって言うのかよ」
　抱き合ってた……？
　なんのことかわからず小首をかしげると、名良橋くんが冷たい目で笑った。

「見たんだよ。病院の談話スペースでお前らが抱き合ってるとこ」

 言われて、ようやく思い至る。

 そうだった。病院の談話スペースで、私は高野くんに抱き締められながら泣いたんだった。

 まさか、見られてたなんて……。

 だから、高野くんを置いて先に帰ったの？

「な、名良橋くんだって！　私の家に来たとき、同じことしたじゃん」

「あれはお前が泣いてたからだろ」

「高野くんだって同じだよ！　私が泣いてたから落ちつかせるためにそうしただけで……」

 私が好きなのは他の誰でもないキミです。だから、他の人と付き合ってるのかなんて言わないで。

 一番言いたかったことは、理性が噛み潰した。

「泣いてたって、なんで」

 核心に触れない言い訳では納得しなかったようで、質問に質問を重ねられる。

 名良橋くんと梨央さんの再会が嫌だった。そんなふうに思う自分が苦しかった。初めての恋を自覚したのと同時に終わりが見えたことがつらかった。

 なんでなんて聞かれても、答えられるわけがない。

「……名良橋くんには関係ないよ」

 嘘だよ。閉じ込めたはずの感情を解放したキミは、私のど真ん中にいる。

大切だから。最後の瞬間までキミの笑顔を守り抜きたいから……ごめんね、言えないんだ。

名良橋くんへの想いは、知らないうちにこんなにも大きく育っていたんだね。

「名良橋くんはどうだったの？　梨央さんと話したんでしょ？」

「……話そらすなよ」

「そらしてないよ。名良橋くんには関係ないって言ったじゃん」

喉の奥が熱い。気を緩めたらすぐに涙が溢れてきそうだ。

梨央さんとのことだって、答えを知りたい気持ちと知りたくない気持ちが入り乱れて、もう自分がどうしたいのかもわからない。

「クラスメートのお見舞いに行ったら隣のベッドに梨央さんがいたんだもん、びっくりしたでしょ！　貧血起こした私に感謝してよねー」

名良橋くんの顔、見られないよ。

それでも、早口でまくしたてるように飛び出す言葉たちを、私は止めることができなかった。

「梨央さんも名良橋くんとまた会えてうれしそうだったし、よかったじゃん。これでもう、夏が来ても大丈夫だよね」

姿を消した梨央さんに私を重ね、『いなくならないよな』と言って存在を確かめた。

名良橋くんが怯えていたのは、"失う"こと。

失ったものを取り戻した名良橋くんに、私はきっと必要

ない。
「私も心置きなく転校でき——」
　言い終える前に腕を引かれる。
　ありえないとわかっていながらも、再び時が止まったように思えた。
　それは、永遠のようにも一瞬のようにも感じられて。
　見開いた目が映すのは、切なく揺れる名良橋くんの漆黒の瞳。
　唇に感じる熱は——私と名良橋くん、どっちの？
「お前、全然わかってねーよ」
　息がかかる距離で、掠れた声が喘ぐように言う。
「ほんと、なんもわかってねー……」
　掴んだ腕を解放し、名良橋くんが校舎へと戻っていく。
　その後ろ姿を呆然と眺めながら、重なった唇にそっと手を当てた。
「何、今の……」
　真上に昇った太陽が、立ち尽くす私を容赦なく照らしつける。
　今私たち、キスした？
　混乱する思考回路の中でなんとかその２文字を理解するけれど、それは更なる混乱を巻き起こすだけだった。
　名良橋くん、なんでキスしたの？　ねぇ、どうして？
　名良橋くんが何を考えてるのか、私には全然わかんないよ……。

自分勝手な恋心

　モヤモヤした気持ちを抱えたまま、テストの全日程を終えた。
　そして今、2時間のテストとロングホームルームを終えて帰宅した私は、ベッドの上で、ゴロゴロしながら考える。
　全体的な手応えはまあまあ。高野くんに教えてもらった数Ⅰは、前日に繰り返し練習問題を解いたこともあって、そこそこできた……と思う。
　その一方で……。
「……っ」
　ふとした瞬間に思い出す。名良橋くんにキスされたこと。
　テスト期間中は、意識的に勉強のことだけを考えるようにしてたからまだ大丈夫だったんだけど……。
「……なんで」
　あれから、名良橋くんとは一言も言葉を交わしていない。
　テスト期間はみんなで楽しくお喋りって雰囲気でもないし、瀬川さんたちとも挨拶するくらいだった。
　けど、テストを終えて、今日から部活が再開されたはず。
　険悪なムードを漂わせていた名良橋くんと高野くんは、大丈夫なのかな。
　名良橋くんはまだ、私と高野くんの間に何かあると思ってるのかな。
　付き合ってるのかって聞いてから、どうしてキスなんか

……。

　ぐるぐる考え出すと止まらなくなって、簡単には抜け出せない。

　いつまで、こんな状態が続くんだろう。

　私には、１秒も無駄にできる時間なんてないのに……。
「あぁもう！」

　勢いよく起き上がって、枕元に置いていたスマホを手に取る。

　勢いのままに呼び出したのは、名良橋くんの連絡先。
「なんでキスしたんですか……は、いくらなんでも直球すぎるよね」

　なんて送るのが自然だろうと、再び渦巻の中に飛び込みそうになるのを寸でのところで堪える。

　そもそも、あのキスからして自然じゃなかったんだ。その自然じゃないキスをしたのは名良橋くんだ。

　だから、私からのコンタクトがどれだけ不自然であろうと、名良橋くんだけには文句なんて言わせない！
【話したいことがあります。部活が終わってからでいいので、連絡ください】

　それだけを送ったあと、重力に任せてそっと目を閉じた。

　耳元から伝わる振動が、私の意識を強制的に引き戻す。

　テストの疲れが一気に押し寄せ、眠ってしまっていたみたい。

　重いまぶたを持ち上げるとすっかり日は暮れていて、ベ

ランダから差し込む街灯と月の光だけがぼんやりと室内を照らしていた。

　頭に走った痛みに気づかないふりをして、震え続けるスマホを手探りで探し当てる。

　寝ぼけまなこで確認した画面には……。

「……え!?」

　声が上ずったのは、寝起きだからか、それともあまりの衝撃だったからか。

　どちらにしても、自分のスマホが名良橋くんからの着信を知らせていることには変わらなかった。

　てっきり、メッセージが送られてくるもんだと思ってたのに……。

「も、もしもし」

　スマホを両手で握り締め、ベッドの上で正座になって応答する。

　着信は間違いなく名良橋くんからで、受話口からは、いつものちょっと気だるげな低音が聞こえてくるんだと思っていた。

　なのに。

《あ、やっと出た》

　耳に届いたのは、聞き覚えのある高い声。

　一瞬にして、黒い靄が私の心を埋め尽くす。

「梨央、さん……」

《せいかーい》

「なんで、梨央さんが……」

こぼすように問うと、電話の向こうで梨央さんが笑った。
《なんでだと思う？》
挑発的な口調で問い返され、頭が真っ白になる。
そんなこと言われても、わかんないよ……。
"どうして"と"なんで"だけが、私の頭の中をぐるぐると駆け巡った。
《由仁ちゃんが退院したあとすぐに、私も退院したのね。それから隣町の家に戻ってきたんだけど》
何も言わない私に痺れを切らしたのか、梨央さんが再び話し始める。
《由貴ってば、わざわざ部活終わりに会いに来てくれたんだ》
部活終わりに、を強調して言われた気がした。
梨央さんが狙ったダメージは絶大で、今すぐにでも通話を切ってしまいたくなる。
でも、ここで怯んじゃダメだ。
「あの。名良橋くんは……」
《今、コンビニ行ってていないよ？ スマホ置いていくなんて、よっぽど親しい仲じゃないと無理だよねー》
築いてきた絆をひけらかすような物言いで、梨央さんは私を牽制した。
まるで、あんたがつけ入る隙なんてないのよって言われてるみたい。
《知ってる子から連絡くださいってメッセージが届いてたから、なんの要件か伝えておいてあげようと思って電話し

たんだー》
　でも……隙がないとか、そんなの関係ないよ。
　名良橋くんと梨央さんの間につけ入る隙がないのなら、私と名良橋くんの間に梨央さんがつけ入る隙もないはずだ。
「いいです。自分で話したいから、コンビニから戻るまで待ってます。戻ったら、名良橋くんに代わってくださいね」
《……は？》
　淡々と言い放つと、梨央さんの声にイラ立ちが混じった。
《いつ戻るかもわかんないのに？　話したいなら今じゃなくてもいいじゃん。どうせいつでも会えるんだか──》
「今じゃなきゃダメなんです！」
　今じゃなきゃ、素直に聞けない。
　今じゃなきゃ、素直に伝えられないんだ。
　神様はもう、私に明日なんて約束してくれないのに。
「今、名良橋くんと話したいの……！」
　一見平穏な生活の隙間に潜む病気の症状に、私はもう長くないのだと教えられる。
　もって夏まで。言い換えれば、明日息絶えたっておかしくないってことだ。
《……》
　突然声を荒げた私に驚いたのか、梨央さんが黙り込む。
　その向こうで、ギイィと何かが開くような鈍い音がした。
《ただいま。頼まれてたやつ、買ってきたぞ》
《ゆ、き……》

《梨央? 何して……って、それ俺の……!》

 名良橋くんの声が遠くに聞こえたあと、雑音が入る。

 それから少しの間を置いて、一番聞きたかった声が鼓膜を震わせた。

《早坂、か……?》

「……うん」

 話したいことはたくさんあるはずなのに、これ以上口を開いたら涙がこぼれてしまいそうで、頷くことしかできない。

《スマホ持って出るの忘れてて。でもまさか、梨央が早坂に電話かけるなんて思わなかった。ごめん》

「ううん、大丈夫。……今も、梨央さんと一緒?」

《アパートの外に出たから、俺1人》

 アパート……。梨央さんの家にいるって、ほんとなんだ。

 名良橋くんの登場で少しは薄れたものの、黒い靄は相変わらず私の中心部分に居座っている。

 もともと、部活終わりに梨央さんのところへ行く約束をしていたにしても、メッセージを返すくらいはできたはずなのに……。

 自分勝手な言い分が脳内に渦巻いて、さっきまでの勢いが一目散に私の元から逃げていく。

 どうして私にキスしたの?

 あのとき、なんで怒ってたの?

 響かせることのできない言葉たちを舌先で転がしていると、電話の向こうで名良橋くんが再び謝った。

「ごめんって、何が？」
　無意識のうちに、問い返す声に棘が混じる。
　キスしたことを謝っているのなら怒ろうと思ったんだ。
　だけど、名良橋くんは私の予想の斜め上を行った。
《部活が終わったら連絡くれって、メッセージくれてたろ。休憩中に気づいてたのに、部活終わっても返さなかったから》
　……え？　そっち？　謝るの、そっちのほうなの？
　名良橋くんの返答に、思わずツッコミを入れてしまいそうになる。
　いや、もちろんそのことについてもモヤモヤしてたよ？　私より梨央さんを優先したんだーって、私の分際でちょっとショックだった。
　でも私たちの目下の話題は、キスでしょ？
　謝罪の理由があまりに予想外だったため、つい笑ってしまいそうになる。
　名良橋くんは至って真面目に謝ってるんだから、と必死に堪えていると、名良橋くんはその無言を怒りによるものだと捉えたらしい。
《今日は、部活のあとに梨央の家に行く約束だったんだ。行く前に連絡しても、片手間になってちゃんと向き合えねーと思ったから、帰るころに電話しようと思ってた》
「え……？」
《あのときのことは……メッセージじゃなくて、直接言葉を交わして話したかったんだよ》

そんなの、言ってくれなきゃわかんないよ。
　梨央さんが電話をかけてこなかったら、名良橋くんが帰路につくまで私にはなんの音沙汰もなかったわけでしょ？
　せめて、あとで電話するとか連絡くれればいいのに、肝心なところで詰めが甘いんだから。
　でも……うん。ちゃんと考えてくれてたってわかったから、もういいや。
「だったら……電話じゃなくて、会って直接話したいよ」
《え？》
「いつでもいいの。いつでもいいから、名良橋くんの顔を見て話がしたい。ダメ、かな……？」
　膝の上に作った拳をぎゅっと握る。
　ドキドキと速まる鼓動を感じていると、名良橋くんが電話の向こうで短く息を吐いた。
《……わかった》
　溢れた想いを、名良橋くんの一言がすくい上げる。
《今から行くから、待ってろ》
　正義のヒーローみたいなセリフを言い残して、名良橋くんは一方的に通話を切った。

　さっきまでの睡眠はうたた寝なんてものではなかったらしく、電話を終えたスマホで時刻を確認すると、時刻は既に夜の7時を回っていた。
「梨央さんの家って、隣町って言ってたよね」
　ってことは、どれだけ急いでも電車で1時間以上かかる

はずだ。
　テストと部活を乗り切って、遠くに住む幼なじみに会いに行っている名良橋くん。
　絶対に疲れているはずなのに、今から行くって言ってくれた。
「どうしよう……うれしい」
　梨央さんとの約束をかっさらってしまったことへの罪悪感よりも、喜びが勝ってしまう。
「私って、救いようのないくらい嘘つきだなぁ……」
　恋は自由。高野くんがくれた言葉を思い出す。
　私は、私の恋は名良橋くんの幸せを願えるものにしたいって言ったんだ。
　だけど今、名良橋くんの梨央さんとの時間を奪って、遂にはそこに喜びさえ見出してしまっている。
「全然願ってない。むしろ邪魔してるじゃんね……」
　時間をかけて本音にしていくつもりだったのに、今ある本音がそれを阻む。
　強がりを本音にする時間なんて残されてないんだと、病気と恋心が静かに囁くんだ。
「でも……これで最後にするから」
　名良橋くんと話して、気持ちに折り合いをつけるから。
　今度こそ、名良橋くんの幸せを想えるようになりたいよ。

　毎週９時から放送しているドラマが始まるころ、室内にチャイムが鳴り響いた。

インターホンやドアホンではないので、音が鳴るだけで覗き穴を見るまで誰が訪ねてきたかわからない。
　でも、この時間、このタイミング。名良橋くんだ！
　テーブルの上に置いてあったリモコンでテレビを消し、駆け足で玄関に向かう。
　覗き穴を確認することなく玄関の扉を開けた私を待っていたのは……名良橋くんではなく、耳にいくつもピアスをつけた若い男の人だった。
「あっ、どうもー。△△新聞でーす。取ってくれません？　サービスするんでー」
「え……」
　並べられた文言から、新聞勧誘だと悟る。
　ずいずいと身を乗り出され、背筋に嫌な汗が走った。
「すみません、結構です」
「そんなこと言わずにー。3ヶ月！　いや、1ヶ月でいいからお願いしますよー」
　し、しつこい！
「ほんと大丈夫なんで……！」
　逃げるように切り上げて扉を閉めようとしたとき。
「……っ!?」
「お姉さん、それはないんじゃない？　こっちが下手に出てんのにさぁー」
　扉の隙間に足を滑り込ませ、扉が閉まるのを阻まれた。
　女の私が、大人の男の人に力で勝てるはずがない。続けてかけられた手によって、完全に扉が開く。

嘘……！
「1ヶ月でいいって言ってんだけど。ほんと頼むよー」
「やめてください！　警察呼びますよ!?」
　半泣きになって放ったのは、その人を引き下がらせるのに相応しい言葉じゃなかった。
　……と、言ってから気づいた。
　男の人の目の色が変わる。
「はぁ？　警察とかふざけてんの？　こっちは新聞取ってくださーいってお願いしてるだけなんだけど」
　やばいやばいやばい！　どうしよう！
　混乱する頭の中で、校外学習の日の名良橋くんの言葉を思い出す。
　チャイムを鳴らした人物を確認しなかった私を、彼は叱ったんだ。
　1人暮らしなんだからもっと用心しろって……。
　あぁもう、私のバカ！　なんで今になって思い出すかなぁ！
「ほんと困ります……！」
　ダメだ、泣く。
　視界がじわりと滲んだのとほぼ同じタイミングで、男の人の肩に置かれた手。
「なんだ!?」
　置かれた本人は勢いよく振り向いてその持ち主を確認したけれど、私は見なくてもわかった。
　大好きな、骨張った大きな手だったから。

「なんだはこっちのセリフっすよ。何してんですか」
「何って、お前には関係ないだろ」
「なくないです。そいつ困ってるみたいなんで、帰ってもらえますか」
　肩で息をしている名良橋くんは努めて冷静に言っているようだけど、怒りが含まれていることはよくわかった。
「お前に指図される筋合いは……」
「これ以上強引に勧誘するようだったら、会社のほうに連絡入れますけど」
　ポケットからスマホを取り出し、今にも電話をかけそうな名良橋くん。
「なっ……」
　それはまずいと思ったのか、男の人が怯む。
　それから、ぶつぶつと小言を言いながらも名良橋くんの横を通りすぎ帰っていった。
「……大丈夫？　何もされてないか？」
　心配そうに眉を下げた名良橋くんに顔を覗き込まれ、緊張の糸がぷつんと切れる。
「こ、怖かった……」
　涙が次から次へと流れてきて、頬を濡らした。
　そんな私を見てぎょっとした名良橋くんは、一瞬躊躇う素振りを見せてから、制服の袖で涙を拭ってくれたんだ。

　部屋に入ってから私を待ち受けていたのは、まさかのお説教タイムだった。

「だから言っただろ、ちゃんと確認しろって。さっきみたいに、変なやつもいるんだから」
「……はい」
「今回は大人しく帰ったけど、それで済まないやつも中にはいるかもしれないんだからな」

　膝詰めで、泣きやんだ私を諭す名良橋くん。
　うう。返す言葉もございません……。
「次からは絶対に確認します……」

　しゅんっと萎れて言うと、名良橋くんは、はぁーっと深い息を吐いた。
「でもまぁ、なんもされてなくてよかったよ」

　彼の手が私の頭に乗せられる。
　それから、ぽんぽんって優しく撫でてくれた。
　やめてよ、名良橋くん。そんなふうにするなんて、ずるいよ……。
「遅くなってごめんな」
「ううん。駅から走って来てくれたんでしょ？　汗かいてる」

　名良橋くんの短い黒髪が額にくっついていることを指摘すると、彼はリュックの中からスポーツタオルを探し当てて乱雑に汗を拭った。

　新聞勧誘の人を追い払ってくれたときだって息が切れてたし、急いでくれたんだよね。
「梨央さんと一緒にいたのに、直接会って話したいなんて言ってごめんね。大丈夫だった？」

梨央さんの名前を出すと、タオルをリュックにしまおうとした名良橋くんの動きが一瞬止まる。
「……うん。行くって言ったの俺だし、お前が気にすることない」
　ふいっとそらされた顔が険しかったのを、私は見逃さなかった。
　嘘だ。絶対、何かあった。
　大丈夫じゃない、何かが。
　けど、それに気づいても、詮索する権利を私は持ち合わせていない。
　きゅっと唇を結んでから、振り切るように口を開く。
「来てくれてありがとね。……うれしかった」
　素直になるって、やっぱり難しい。
　ここで、真っ直ぐに目を見て言うかわいげがあったらよかったんだけどなぁ。
　梨央さんだったら、ちゃんと視線を絡めて言えるのかなぁ……。
「……」
「……」
　私たちの間に、沈黙が落ちる。
　何か言わなきゃと思うけど、話が話なので気軽に口を開くことができない。
　長く続いた無言を破ったのは……名良橋くんだった。
「悪かった」
　私に向かって、がばっと頭を下げた名良橋くん。

途端に、黒い靄が再来する。
「悪かったって……？」
「……ずっと、嫌な態度とってただろ。それに、キスだって……」
「謝らないで！」
　考えるよりも先に、声が出ていた。
　名良橋くんがびっくりしたように顔を上げる。
「名良橋くんは嫌だった？　私にキスしたのは、気の迷いだったの？」
「いや、そんなことは……」
「だったら謝んなくていい！　私も嫌じゃなかったことを、謝られたくないよ！」
　謝って、なかったことにされるくらいなら。
　何気にすごいことを口走っちゃったような気がするけど、今の私にはどの部分がすごいことだったのか判別することができなかった。
　高ぶった感情を一気に吐き出すと、ぽかんとしていた名良橋くんがふにゃっと笑う。
「わかった。もう謝んねーよ」
　なんですか、今の笑顔は。
　どきゅん。効果音をつけるとしたら、間違いなくこれ。
　そんな音とともに、私のハートは射抜かれた。
　無愛想が放つ無防備な笑みほど破壊力のあるものなんて、他にないんじゃないのかなぁとさえ思う。
　暴れる心臓をどうにか抑えようとしている私をよそに、

名良橋くんはため息をついてがっくりと項垂れた。
「あーでも、みんなにはちゃんと謝んないとな。俺のせいで空気悪くなってたし」
　うーん、そこはフォローのしようがないや。
　みんなは、笑って許してくれると思うけど。
「とくに高野。結局、あいつには八つ当たりしてただけだったしなぁ……」
「え？　八つ当たり？　なんで？」
「……内緒」
　べ、と舌を出して、彼はイジワルに笑う。
「え、なんで！　教えてくれたっていいじゃんか！」
「やだね。絶対教えねー」
「なんでよー！」
　それに私が突っかかって、また笑い合って……。
　よかった、普通だ。
　今までどおりの、私たちだ。

　そうだ、と話の合間に名良橋くんが切り出す。
「時間あるときでいいから、また由羽に会ってやってくれないか？」
「どうして？」
　首をかしげると、名良橋くんが苦い顔をした。
「最近、親の仕事が忙しくてさ。由羽のお迎えは大体行ってくれるんだけど、俺が帰ったら俺に由羽を任せて会社戻ることもあるし、休日出勤するときもあるし」

「うわ、大変だね……」
　名良橋くんのお母さんは一度見たことがあるけど、確かにバリバリ働いてそうな感じだったもんなぁ。
「で、由羽と２人になることが多いんだけど……どうもそれが不満みたいで。泣くわ怒るわ、大変で」
「……それって、私がいても同じなんじゃない？」
「いや、俺と２人じゃなかったら大丈夫だと思う。実際、俺が保育園に迎えに行ったときは先生の前で楽しそうにしてたし」
　出したお茶を啜る名良橋くんは、いじけたように唇を突き出している。
　おままごとでダメ出しくらったりもしてるのかな……。
　お兄ちゃんって立場も大変だ。
「いいよ。この前はほとんどご飯食べただけだったし、私も由羽ちゃんにまた会いたい」
「ほんとか？　助かるよ」
　よほど参っているのか、私の返答を聞いた名良橋くんはぱあっと表情を明るくした。
　……あ、そういえば。
「名良橋くんの誕生日って、もうすぐだよね？」
　記憶が正しければ、６月５日だったはず。
　投げかけられた唐突な質問に不思議そうにしながらも、名良橋くんが頷く。
「あぁ。来月の５日だな」
　よし、ビンゴ！

「じゃあさ、来週の日曜にでも、由羽ちゃんと3人でどこか行かない？ うちじゃ由羽ちゃんが楽しめるようなものなんてないし、名良橋くんのお祝いも兼ねてさ！」

名案だと思って意気揚々と言ったものの、名良橋くんは浮かない表情。

もしかして私、調子乗りすぎた？

「あ、でも無理にとは言わないし！ 由羽ちゃんを看る人がもう1人いれば名良橋くんもちょっとは羽伸ばせるかなって思っただけで……！」

慌てて取り消そうとすると、名良橋くんはハッとしたように手をぶんぶんと振った。

「違う、嫌とかじゃないんだ」

「へ……？」

「日曜は部活の大会があるんだよ。だから、その日は厳しくて」

そういうことか。

そっか、そうだよね。

名良橋くん、バスケ部なんだもんね。

私にはもう縁のないことだと意識の外に投げていたから忘れてたけど、休みの日でも練習や試合があるんだった。

「再来週の土曜日はどうだ？ 部活、1日オフなんだ」

思わぬ提案に、思わず前のめりになる。

「空いてる！ 大丈夫！」

「決まりだな」

忘れんなよ、と名良橋くんが私のおでこを軽く小突く。

もう。名良橋くんってば、私のことを見くびってるな?
　忘れるわけないじゃん。きっと夢にだって出てくるよ。
「えへへ、楽しみ。どこ行きたいか、考えててね」
「どこでもいいぞ、俺は。早坂が決めろよ」
「ダメだよ、名良橋くんの誕生日なんだから」
　言うと、名良橋くんは柔らかく笑う。
「じゃあ早坂も、自分の誕生日に行きたい場所、ちゃんと考えとけよ」
　ずきゅーん。またまた、名良橋くんが私の心臓を射抜く。
　今日の名良橋くんって、なんなの?　胸キュン量産機か何かですか?
　無自覚っぽいから余計にタチ悪いよ。
「……うん」
　ときめきを感じる一方で、素直に喜べない私がいる。
　私の誕生日は約1ヶ月後。
　そのとき私は、まだここにいるのかな。
　ちゃんと、16歳になれるのかな。
　明日があるかもわからないのに、自分から未来の約束を取りつけてしまった。
　理性と感情がぶつかり合って、私を再び迷宮に誘おうとする。
　梨央さんのことだってそうだ。
　名良橋くんにとって梨央さんは大切な人で、私といるより彼女と過ごすほうがずっといいはずなのに。
　ぐるぐると考えてしまい視線をカーペットに落とした私

の名前を、名良橋くんが呼んだ。
　顔を上げると、名良橋くんの真っ直ぐな目と視線が絡む。
「よかったらなんだけど、日曜の大会……観に来ないか？」
「え……っ」
「実は、ベンチ入りできたんだ。もしかしたら、試合に出られるかもしれない」
　ベンチ入りって……すごい！　名良橋くん、まだ１年生なのに！
　バスケへの未練を考えると心は痛むけど……せっかく誘ってくれたんだから行きたい。
　でも、肝心なところで理性が姿を現した。
「私じゃなくて……梨央さんを誘わなくていいの？」
　知らず知らずのうちになっていた上目づかいで聞くと、怪訝な顔をした名良橋くん。
「なんでここで梨央が出てくるんだよ」
「なんでって……名良橋くんは、梨央さんのことが好きなんじゃ……」
　震える声でそう言った私に心底驚いたような顔を見せてから、名良橋くんは盛大なため息をついた。
「何だよそれ。どこの誰情報だよ」
「誰情報でもないけど……。名良橋くんにとって、梨央さんは大切な人でしょ？」
　あ、まずい。
　自分で言ってダメージ食らっちゃってるよ、私。
　自己嫌悪に陥っている私に、呆れたような視線が向けら

れる。
「確かに梨央のことは好きだし大切だけど、恋愛的な意味じゃないぞ?」
「え……」
「俺にとって梨央は、幼なじみ。それ以上でもそれ以下でもねーよ」
　そこまで言って、名良橋くんはそっぽを向いてしまった。
　てっきり、名良橋くんも梨央さんのことが好きなんだと思ってたよ……。
　なんだ、そうなんだ……。
　思わぬ言質をとることができてホッとした私は、なんて醜いんだろう。
　恋をすると、こんなにも気持ちのコントロールが利かなくなるなんて。
「早坂が転校する前に……一度でいいから、俺のプレーする姿を見てほしいと思ったんだ」
　そっぽを向いたまま、噛み潰すように名良橋くんが言う。
「行く」
　明日の保証がないなんてことは、ちゃんとわかってる。
　だけどもう、理性は働かなかった。
「行くよ。名良橋くんがコートを走る姿を、しっかりと目に焼きつけたい」
　名良橋くんの幸せを願う恋にしたいなんて豪語してたくせに……やっぱり私は、どこまでも嘘つきだね。
　私が彼を傷つける一番の原因になり得るってわかってる

のに、名良橋くんのそばを離れたくないって心が叫ぶんだ。
　できることなら、閉じ込めてしまいたかった。
　閉じ込めて、いっそ殺してしまいたかったけど……人生最初で最後の私の恋は、どんな容れ物にも収まり切らなかったみたい。
　名良橋くんが好き。
　ぶっきらぼうなところもあるけど、ほんとは優しくて真っ直ぐで、妹想いな名良橋くんのことが。
　大袈裟かもしれないけど、たぶん、世界で一番好きだ。
　私の命が尽きても……この想いだけは、きっと誰にも殺せない。

青天の霹靂
へきれき

　頑張って早起きして、いつもより15分早く家を出た。
　門の前にはまだ先生が立っていなくて、普段はごった返している昇降口も、生徒はあまりいなかった。
　新しさが薄れてきた上靴をぺたぺたと鳴らしながら、静かな廊下を歩く。
　通い慣れた教室の扉を開けると、中にいた2人が同時にこっちを向いた。
「おはよ、早坂さん」
「おはよう。高鳴さんは？」
「さっき駅についたって連絡あったから、もうすぐ来ると思うよ」
　いつもはない袋を持ったままカバンだけを自分の席に置き、ある席のまわりに立っている瀬川さんと伊東くんに歩み寄る。
「これ、もう乗せちゃっていいの？」
「あっ、待って。シギが安定感あるやつ持ってくるはずだから、それの上に載せよう」
「オッケー」
　教室内にいるのは、私たちの3人だけ。
　高野くんと高鳴さん以外の誰かが教室に入ってきたら、きっとびっくりするんだろうなぁ……。
「あ、高野からメッセージ入ってる」

スマホを見ながら言ったのは伊東くんで、向けられた画面には一昨日の夜に作られた5人だけのグループのトーク画面が表示されていた。
　それを、瀬川さんと一緒に覗き込む。
「何なに？　なんて？」
「読めよ自分で。……最寄りで落ち合って、いつもどおりの電車に乗ったってさ」
「じゃあまだ余裕あるね。高鳴さんが来たら、ぱぱっとやっちゃおう」
　言うと、2人は悪戯を企む子どものような笑顔を見せた。
　少しして、バタバタバタッと騒がしい足音が廊下から聞こえてくる。
　それは徐々に近づき、止まったと認識する暇もなく教室の扉が勢いよく開いた。
「ごめん、遅くなっちゃった……！」
　倒れ込むようにして、額に汗を浮かべた高鳴さんが教室に入ってきた。
　その手にはやっぱり、いつもはないビニール袋。
「全然。電車のダイヤの兼ね合いもあるんだし、走ってこなくてもよかったのに」
「そうは言ってもさーっ」
　覚束ない足取りで、高鳴さんが私たちのそばにやってくる。
　彼女が掲げたビニール袋を見て、今度は4人全員がニヤリと笑った。

続々と登校してくるクラスメートたちには、予め断っておいた。
　高野くんが教室に飛び込んできたのを合図に、私たちは一斉に構える。
　そして彼の姿が見えた瞬間、ひと思いに紐を引っ張った。
　——パンパンパン！
　乾いた音が廊下にまで響き渡る。
　クラッカーから飛び出した紙吹雪。それを浴びた名良橋くんは、これでもかってくらい、目をまん丸にしていた。
「誕生日おめでとー！」
　伊東くんが叫ぶと、教室のあちこちで拍手が巻き起こる。
　今日は、6月5日。
　名良橋くんの誕生日だ。
「は……え……!?」
　名良橋くんはいまだに状況をのみ込めていない様子で、ぱちぱちと瞬きを繰り返しながら私たちを順番に見た。
「いつも俺よりあとの電車に乗る高野が、珍しく時間合わせて一緒に学校に行こうって言ったのって……」
「このためだよ。名良橋が来る正確な時間がわかったほうがやりやすかったから、高野に監視してもらってたの！」
「ほら、早く席につけって」
　伊東くんが立ち尽くしていた名良橋くんの腕を引いて、彼の席まで連れていく。
　そこは名良橋くんの席に変わりはないけど、やっぱりいつもとはちょっと違うんだ。

「これ……」
「名良橋由貴バースデータワーだ!」
　伊東くんの言うとおり、名良橋くんの机の上にはお菓子のタワーが建っている。
　それぞれでお菓子を持ち寄って、頑張って積み上げた。
　名良橋くんの監視役だった高野くんの分は、昨日のうちに伊東くんに預けておいたらしい。
　あの辺のグミやクッキーなんかが、たぶんそうだと思う。
「びっくりした?」
　言葉を失っている名良橋くんがこくこくと頷くと、聞いた瀬川さんが「大成功!」と満足そうに高鳴さんとハイタッチする。
　傍らでやに下がっていた高野くんが、名良橋くんの肩にぽんっと手を置いた。
「16歳、おめでとう」
　意外でもなんでもない。サプライズの提案をしたのは、高野くんだった。
　名良橋くんはテスト前の一件をみんなに謝ってから、改めて高野くんに謝ったらしい。
　高野くんはすぐに許してくれたみたいだけど、やっぱりどこか引け目を感じていた様子だった名良橋くん。
　それを感じ取っていた高野くんが、名良橋くんの誕生日は盛大に祝おうって私たちに持ち掛けたんだ。
　もう気にすることないっていう、高野くんなりの和解のメッセージなんだと思う。

「……ありがと、みんな。すっげーうれしい」
 固まっていた名良橋くんの表情がふわりと綻ぶ。
 あまり見られない素直な名良橋くんにむずむずしたようで、伊東くんが照れ隠しのように名良橋くんの肩に腕を回した。
「来年はもっと祝うぞ！　再来年はさらに盛大に祝ってやる！」
「ははっ、楽しみだなそれは。期待してるよ」
 仲間に囲まれて、名良橋くんは幸せそう。
 私もそこに交ざって、何度もおめでとうって伝えた。
 名良橋くんがこの素敵な仲間たちに次の誕生日を祝ってもらうとき、私はここにいない。
 だから来年の分も再来年の分も……これから先の何十年分のおめでとうを、こっそりと16歳の誕生日に込めたんだ。

「ありがとうごさいました」
 黒木先生に一礼し、曲がり角のそばにある診察室を出た。
 定期検診のため訪れた病院。診察は、いつものように淡々と進められた。
 土曜日の診察は午前だけで、正午をとっくに過ぎた廊下に人影はない。
 病院に来るときは晴れていたのに、外はすっかり雨模様。
 診察室に面した窓を打ちつける雨は徐々に激しさを増していて、いよいよ梅雨がやってきたのだと感じさせる。
 うーん、ちょっと肌寒いなぁ……。

持ってきていた上着を取り出そうと、受付に向かう前に診察室の前のイスにカバンを下ろす。

このロングカーディガン、お姉ちゃんに貰ったんだよね。

由仁に似合うと思ったんだーって、うれしそうに渡してくれたっけ。

貰った当時のことを想い浮かべながらカーディガンに袖を通したとき、背後の扉が静かに開いた。

振り返ると、白衣姿の黒木先生と視線が絡む。

雨空がもたらす独特の哀愁を差し引いても、その表情は決して明るいと言えるものではない。

瞬間、嫌な予感が胸をよぎった。

「由仁ちゃん、ごめん。やっぱり、ちゃんと言っておくべきだと思って」

きゅっと結んでいた唇を開いて、黒木先生が真っ直ぐに私を見る。

私が返事をするよりも先に、彼女の口が再び動いた。

「今の由仁ちゃんは、いつ倒れてもおかしくないよ。正直……今の生活を続けるのは、もう限界だと思う」

私の意思を理解し尊重してくれていた黒木先生が、鬼気迫る様子で私に伝える。

雨が止む気配は一向にない。むしろ今この瞬間、一段と強さを増した気がした。

「それは……入院しろってことですか？」

私の問い掛けに、黒木先生は答えない。

無言、それは一種の肯定だ。

「……嫌です。絶対に嫌」
「由仁ちゃん、気持ちはわかるんだけど……」
「だって、まだ動くもん!」
　つい荒げてしまった声が、人気(ひとけ)のない廊下に響き渡った。
　病院だということを思い出し、ハッとして声を潜める。
「確かに最近は……頭痛もめまいも浮遊感も、頻繁に感じていました」
　病気が進行しているのは、毎日の生活の中で感じていた。
「でも、まだ動くんです。手も、足も……腫瘍がある頭だって、ボロボロかもしれないけどちゃんと動いてる……!」
　勝手なことを言ってるってことも、黒木先生が私のためを思って言ってくれてることも、知ってる。
　倒れたらまたまわりに迷惑と心配をかけることになるってわかってるけど……それでも私は、まだ日常を諦めたくないんだよ。
　明日の名良橋くんのバスケの試合だって観に行かなくちゃならないのに。
「たとえ道端で死ぬことになってもいいから……せめて、体の自由が利かなくなるまでは、今の生活を送らせてください」
　病院という名の鉄格子の鳥カゴの中は、息を止めるよりも息苦しい。
　否が応でも病気をそばに感じるベッドの上には、戻りたくないんだ。
「由仁ちゃん……」

私たち以外誰もいない廊下に、黒木先生の声が静かに落ちる。
　そう。私たち以外誰もいない──はずだった。
「……今の話、どういうこと……？」
　辺り一帯を包んでいた静寂を、黒木先生のものでも、ましてや私のものでもない声が破った。
　頭の隅っこのほうで、角の向こうにもイスがあったことをぼんやりと思い出す。
　ぎょっとして声のしたほうを振り向くと、曲がり角の向こうから見覚えのある人物が姿を現す。
　驚きのあまり、心臓が口から飛び出るかと思った。
「梨央……さん……」
　震える唇でそこに立つ彼女の名前を辿ると、彼女の目にじわりと涙が浮かんだ。

　こんな話、廊下で切り出しちゃってごめん。私に向かって何度も頭を下げた黒木先生に「気にしてません」と声をかけた。
　それでも彼女は申し訳なさそうにしてたけど、まさかこんな静かなところに知り合いがいるだなんて私も思ってなかったから、おあいこだということで話をつけた。
　最後に「また定期検診で来ます」と黒木先生に伝え、俯いてしまった梨央さんを連れてその場を離れた。

　受付でお会計を済ませ、いつもはそのまま自動ドアに向

かうところを、今日は待ち合いのイスに戻る。
　隣の梨央さんは、やっぱり俯いたままだった。
　正直、ものすごく気まずい。
　病気の話を聞かれてしまったこともそうなんだけど、彼女にとって私は、幼なじみの名良橋くんを想う上で邪魔な存在だということを知っているから。
　由貴だけは渡さないって言った彼女が、彼女の元にいる名良橋くんを呼びつけてしまった。私をよく思っていないことは、明白だった。
　名良橋くんたちのことを知らない黒木先生がいる場で説明するのも大変だと思って一緒に来てもらったけど、切り出し方がわからない。
　何を話せばいいのかな。
　そもそも、梨央さんはどこから聞いて、どこまで悟ってるんだろう……。
　カーディガンの袖を巻き込んで、膝の上で拳を作る。
　ぐるぐると考える私の隣で、梨央さんが息を吸った気配がした。
「黒木先生に会いたくて来たの」
「え……？」
　唐突に投げかけられた言葉に、私は思わず声を漏らした。
「退院したけど、しばらくは病院に通わなくちゃいけなくて。でもここは遠いから、家の近くにある病院に紹介状を書いてもらったんだ」
　そうだよね。入院するのがたまたまこの病院だったって

だけで、隣町にも病院はある。
　よっぽどの理由がない限り、わざわざ長い時間を費やして通う必要はないわけだ。
「入院中、よくしてくれた黒木先生にどうしても最後に挨拶がしたくて……先生の診察が終わるのを待ってたの」
　絞り出すように発せられる声は小さいはずなのに、辺りに人がいないせいか、やけに響いて聞こえる。
　なるほど。あの角の向こうで、梨央さんは黒木先生が出てくるのを待ってたんだ。
　初対面のときも、黒木先生のこと言ってたもんね。
「最後の患者さんの診察が終わったと思ったら、黒木先生まで廊下に出てきて……。由仁ちゃんって呼んだから、びっくりした」
「……」
「これだけ慕っておいて恥ずかしい話だけど、今日病院に来てどこの診察室にいるかを確かめるまで……黒木先生が何科の先生か、知らなかったの。それを知っても、黒木先生が由仁ちゃんを担当していたことは完全に忘れてた」
　私だって、担当じゃない先生の所属まで、いちいち確かめたりしない。
　名札を見ればすぐにわかることだけど、話すことが楽しくて、黒木先生の専門分野は興味の範囲ではなかったんだろう。
　そして、私と黒木先生を結びつけることができなかったのも、名良橋くんの一件があってから一度も顔を合わせな

かったことを考えると、不思議じゃない。
「初めは、別人かと思った。けど、耳を疑うような言葉のあとに聞こえたのは間違いなく私の知ってる由仁ちゃんの声だった。……そこで、由仁ちゃんの担当医が黒木先生だったことを思い出したの」

梨央さんは言わなかったけれど、いつ倒れてもおかしくないという黒木先生の言葉を指していることは、すぐに理解した。
「聞き耳を立てるつもりはなかったけど……ごめん、全部聞いちゃった」
「……うん」
「ねぇ由仁ちゃん。さっきの話、どういうことなの……?」

そこで、ようやく梨央さんが顔を上げる。

白い頬は濡れていて、あの日、ベッドの上で私を睨みつけていた目は、もう鋭くなかった。

梨央さんは、さっきの話を全部聞いてたんだ。

だとしたらもう誤魔化しようがないし、何より……私のために涙を流してくれている彼女に、この局面で嘘なんてつけなかった。
「……中学生のときに、悪性の脳腫瘍が見つかったの。その時点でかなり進行していて、すぐに入院して治療を始めたけど、あんまり効果は見られなくて」
「そんな……っ」

梨央さんが悲鳴にも似た声を上げた。

彼女が泣いてくれてるからかな、病気を打ち明ける私の

心は、さっきと打って変わって穏やかだ。
「もって夏までだって、去年の冬、転院前の病院で告げられたの」
「それって……」
　震える声で聞く梨央さんに、私は小さく頷く。
　そして言った。
「私、もうすぐ死ぬの。先生ははっきりと言わないけど、たぶん、夏までもたないと思う」
　表情に、笑みさえ浮かべて。
　そんな私を見た梨央さんのきれいな顔が、さらに歪められた。
「由仁ちゃんのバカ！　なんでそんなこと、笑って言うの……っ！」
　怒りと悲しみをごちゃ混ぜにしたような声色で、梨央さんが言葉を紡ぐ。
　彼女は相変わらず細くて、体の水分が全部涙に持っていかれちゃうんじゃないかって思った。
「ごめん……ごめんね由仁ちゃん。私、何も知らなくて……無神経なこと、たくさん言った……っ！」
「……そんなことない。私も、梨央さんから名良橋くんとの時間を奪っちゃったし」
　名良橋くんの名前を出すと、彼女が私のカーディガンをガシッと掴んだ。
「そうだ、由貴……。由貴は、このこと知ってるの!?」
　詰め寄られ、私は頭を横に振る。

「言えない、こんなこと。名良橋くんには……夏に転校するって嘘をついてる」
「何、それ……っ」
「便利な嘘だと思わない？　なんの違和感もなく教室から姿を消すことができるんだから」

　ヘラヘラと笑った私の頬に、すらりと伸びた指が添えられた。

　潤んだ瞳に至近距離で見つめられ、身動きが取れなくなってしまう。
「大事なことを打ち明けてくれたのに、なんで本音を隠そうとするの」
「……っ」
「病気を知った私の前でまで、無理して笑わなくていいじゃんか！」

　梨央さんと名良橋くんが幼なじみだということ、すごく納得できる。

　もしかしたらたまに自分に正直すぎるところがあるのかもしれないけれど、とっても真っ直ぐで、体当たりで人にぶつかっていく強さを持っている2人だから。
「えへへ……梨央さん、ありがとう」
「だから、笑うなって言ってるでしょぉ……？」

　笑った私の首に、梨央さんが腕を回す。

　私を包む優しい温もりの中で、堪え切れなくなった涙が次々と溢れた。
「無理して作った笑顔じゃないからいいの」

静かな病院のロビーで、私たちはわんわん声を上げて泣いた。

　病院の最寄り駅で、目を腫らした梨央さんが何かを思い出したように声を漏らした。
　視線を向けると、にやりと笑みを返される。
「私、由貴に告白したよ」
「えっ!?」
　目をまん丸にした私の反応がよほどおもしろかったのか、ケタケタと笑う梨央さん。
「この前、勝手に由仁ちゃんに電話したときにねー。なんでかけたんだって詰め寄られたから、思わず気持ちごと言っちゃった」
「そ、それで？」
　ごくりと唾を飲んだ私のおでこを、梨央さんが軽く小突いた。
「振られたよ。ま、わかってたけどさ」
　私のアパートとは逆方向のホームに続く階段に一歩踏み出し、言葉に似つかわしくないほど明るい笑顔を梨央さんは見せる。
「私じゃダメだった。あいつの心を動かせなかった！　きっと理由なんてそんなもんなんだよね」
「そんな……」
「でも、由仁ちゃんはわかんないよ。未来がどうであれ、後悔しない道を選んで」

また会おうね。そう言い残して、梨央さんは振り返ることなく階段を上っていった。

　名良橋くんからの不在着信に気づいたのは、最寄り駅で電車を降りたときだった。
　なんだろう……？
　名良橋くんが電話をかけてくるなんて珍しい。
　しかも、まだ真っ昼間のこの時間。明日の試合に向けて練習に励んでいるはずの時間帯にかけてくるということは、何かがあったに違いない。
　とはいえ、梨央さんとあんな話をしたあとだから、ちょっと緊張してしまう。
　深呼吸をしてからかけ直すと、コール音はすぐに切れた。
《もしもし》
「もしもし、早坂です。電話、出られなくてごめんね。どうかした？」
　初めにかけてきたのは名良橋くんのほうなのに、彼は要件を言い淀んだ。
　めまいを起こす可能性を鑑みてホームのイスに腰掛けた私が促すと、名良橋くんは言いづらそうに切り出した。
《非常識なことだってわかってるんだけど……》
「うん？」
《由羽のお迎え、頼めないか？》
「へっ!?」
　さすがに予想の範疇を越えていた内容に、名良橋くん

が説明を加える。
《今日も俺が行く予定だったんだけど、急に練習終わる時間が遅くなって間に合いそうにないんだ。ベンチ入りさせてもらってる身分で早上がりなんてできないし……》

そりゃそうだ。私も先輩を差し置いて試合に出してもらっていた経験があるから、わかる。

どれだけ先輩と仲が良くても、行動1つひとつに気をつかってしまう。

そして、メンバーに選んでもらっている以上、半端なことは易々とできないのだ。
《親とも連絡つかなくてさ、とっさに思い浮かんだのが早坂だったんだ》

辺りに人がいなくてよかった。

だって今私、湧き上がるうれしさを隠し切れてないと思うもん。

とっさに思い浮かんだなんて好きな人に言われて、うれしくない女の子なんていない。
「いいよ。お迎えに行って、そのあとうちで預かってる」
《ほんとか!?》
「うん。今日はこのあと予定もないし」

向かい側のホームに電車が乗り入れるのを、ぼうっと眺める。

雨足は弱まることを知らず、乗員乗客を乗せたその鉄の箱を容赦なく打ちつけていた。
《頼ってばっかでほんとごめん。助かるよ》

「いいって。その代わり、明日の試合でちゃんと活躍してね」
《見返り、でかくねーか？》
「自信ない？」

　試すように聞くと、電話の向こうで名良橋くんが微かに笑った。
《バカ言うな。自信しかねーよ》

　ここではっきりと言い切れる名良橋くんって、すごい。

　こうやって、プレッシャーとかも全部跳ね退けちゃうのかなぁ。
《やべ、呼ばれた。そろそろ戻るわ》
「あっ待って。ご飯は？　おうちにある？」
《いや、帰ってから適当に作る予定だった》
「じゃあ、作って待ってるよ。由羽ちゃんもお腹空くだろうから」

　悪い話ではないだろうと思って伝えると、彼はお礼を言いながらそれを受け入れた。
《すぐに保育園の地図送るよ。園には早坂が行くって連絡入れとくから、頼むな》
「わかった。練習、頑張ってね」

　おう、と短く返事をして、名良橋くんは電話を切った。

　1分もたたないうちに、スマホに通知が届く。

　慣れた手つきで開けると、言っていたとおり保育園の地図が添付されて送られてきていた。

　えーっと……ここから6つ先の駅で降りて、そこから徒歩10分か。

そういえば、校外学習の日に最寄り駅を教えてくれたなぁ。
　同時に、家と駅の間に保育園があるとも言ってた。
　ってことは、名良橋くんの家は駅から10分以上も歩くのね。あ、でも、それだけかかるなら自転車を使うか。
「……って。探偵にでもなったつもりか、私」
　トリップしそうになったのを思い留まり、自分自身にツッコミを入れる。
　スマホの画面を改めて確認すると、お迎えにはまだ早い。
　そしてこのタイミングで、腹の虫が鳴った。
「そういえば、お昼ご飯まだだっけ……」
　それまでは気にならなかったのに、一度認めてしまえば意識のど真ん中に居座るのは、空腹も同じ。
　方向的には次に来た電車に乗ればいいんだけど、時間も早いしお腹も空いたし、何より、部屋があんまりきれいじゃない。
　腫れてしまった目もどうにかしたいし……。
「……帰ろ」
　適当にお昼を済ませて、部屋の掃除に取りかかろう！
　ついさっきまでは真っ白だった午後の予定を頭の中で整理し、私は勢いよく駅のベンチから立ち上がった。

　傘を肩で支え、スマホの地図を確認しながらようやく保育園に辿りつく。
「……」

予定どおりの時間についたものの、門の外に取りつけられたインターホンを押す勇気がなかなか出ない。

サーモンピンクのかわいらしい外壁の建物の中から聞こえる賑やかであどけない声が、私をさらに気後れさせた。
「うぅ……名良橋くんは、いつもどうやって入ってるんだろ……?」

あぁダメだ、なんの変哲もない門のはずなのに、鉄壁の扉に思えてきた……。

仮にインターホンを押したとして、あとはどうすればいいの? お兄さんの代わりに由羽ちゃんを迎えに来ましたって言うの?

名良橋くんは連絡しておいてくれるって言ってたけど、本当に大丈夫? 怪しまれない?

っていうか。そもそも、由羽ちゃんは私のこと覚えてるのかな……?
「あーもう。ぐるぐる考えたって仕方ない!」

よしっと意気込んで、さながら敵地にでも乗り込むような勢いでインターホンを押した。

一般的なチャイムではなくかわいらしいメロディーが流れたあと、『はーい』と応答があった。
「あっ、あの! 私、早坂由仁っていいます! お兄さんの代わりに、名良橋由羽ちゃんのお迎えに来ましたっ!」

直立不動で、頭の中に用意していた言葉をマシンガンのように並べた。

これで追い返されたらどうしよう、とびくびくしていた

けれど、それは杞憂に終わった。
『あ、話は伺ってますよー。どうぞ、入ってきてくださーい』
　門に取りつけられているオートロックのカギが、ガチャっと開いた。
　一瞬躊躇ってから、おずおずと足を踏み入れる。
　玄関の扉を開くと、小柄な初老の女の人がにこにこ笑顔で立っていた。
「早坂さんね？」
「は、はい、そうです。早坂由仁っていいます」
　ぺこっと頭を下げると、その女の人は優しく笑った。
「園長の植草です。由羽ちゃん、今帰る支度をしてるところだと思うから、ちょっと待っててね」
「あ、はい。ありがとうございます」
　園長だという植草先生は、やっぱりにこにことそこに立っているだけだった。
　もしかして、急に来ることになった私を気づかってここにいてくれてるのかな……。
　都合よく考えすぎかもしれないけど、もしそうならこの上なくありがたい。
　場違いにもほどがあるこの場所に１人でいるのは、ちょっと心細いもん。
　元気な声が漏れる部屋から由羽ちゃんが出てくるのを静かに待っていると、植草先生が再び私を振り向いた。
「びっくりしたわ。急に由貴くんから電話がかかってきたと思ったら、自分の代わりに同級生の女の子が由羽ちゃん

のお迎えに行くなんて言うから」
「あはは、そうですよね……」
　同感です。私もびっくりしました。
「でもまさかこんなにかわいらしい子が来てくれるなんて。由貴くんも隅に置けないわねー」
「いや、そんな」
　嫌味のない植草先生の言い方に、恥ずかしくなってしまった。
　ぶんぶんと首を振った私に対して、彼女はとんでもない言葉を放つ。
「由仁ちゃんは由貴くんの彼女？」
「なっ……！　違います！」
　バカなこと言うなって、名良橋くんに怒られちゃうよ。
　首だけじゃなく手も振って全力で否定すると、植草先生は残念、と眉を下げて笑った。
「優しいし気が効くし、由貴くんって本当にいい子だよね」
「そうですね。ちょっとぶっきらぼうなところもあるけど」
「確かに、由羽ちゃんに対してもそんな感じだったわ」
　思い当たる節があるのか、口元に手を当ててふわりと笑う植草先生。
　少し間を置いて、その目が優しく細められた。
「でも、由羽ちゃんのことをすごく大事に思ってること、伝わってくる。部活で疲れてるはずなのに、それを由羽ちゃんには見せないようにしてるみたいだし」
　その光景を見たことはないけど、植草先生が言ったこと

は想像は難しくない。
　どれだけ疲れていたとしても、由羽ちゃんの前では"お兄ちゃん"でありたいんだと思う。
「あんまり無理しすぎないといいんだけど……って、こんなこと由仁ちゃんに言っても仕方ないわね。ごめんなさい、忘れて」
　ハッとした植草先生が笑い飛ばそうとしたとき、園児が集まっているのであろう部屋の扉が勢いよく開いた。
　そこから、小さなリュックを持った由羽ちゃんが飛び出してくる。
「ねーね！」
　私のこと、覚えてるのかな。
　門の前で抱いていた不安は、私に向かって勢いよくかけてきた由羽ちゃんによって取り除かれた。
　慌ててしゃがみ込むと、広げた腕の中に由羽ちゃんがぽすんと収まる。
「由羽ちゃん、よかったね。ねーねがお迎えに来てくれて」
　植草先生に頭を撫でられて、由羽ちゃんはうれしそうだ。
　由羽ちゃんと一緒に部屋から出てきた若い女の先生が、私に向かって声をかける。
「荷物は最小限にまとめてます。連絡は先程の電話でお伝えしたので、とくにありません」
　名良橋くん、そんな余裕あったのかなぁ。
　首をかしげた私の疑問を読んだのか、植草先生が話を続けた。

「事情は由貴くんから聞いてたけど、一応こちらからも親御さんに連絡を入れたのよ。信用してないわけじゃなかったけど、由貴くんの友達ってだけで由羽ちゃんを預けるのには不安があったから」

言われて納得する。

初対面の高校生に大事な園児を預けて帰すなんて、私が逆の立場でも不安だもんね。

「連絡、ついたんですね」

「ええ、ちょうど会議が終わったところだったみたいで。事情を話したらすっごく驚いて申し訳なさそうにしてたけど、彼女なら安心して任せられるので大丈夫ですって仰ったわ」

名良橋くんのお母さんが、そんなことを……。

前に名良橋くんが家の鍵を持ってくるのを忘れてしまったとき、名良橋くんと由羽ちゃんにうちでご飯をごちそうしたことがあった。

彼らのお母さんと顔を合わせたのはその1回だけだけど、信用するに値する人物だと認識してもらえたらしい。

へへ、うれしいなぁ……。

「由仁ちゃん。由羽ちゃんのこと、お願いしますね」

こくりと頷いて請け負い、由羽ちゃんの手を引いて保育園をあとにした。

あまりに雨がひどくなってきたので、駅から家まではタクシーを使った。

幼稚園から駅まではレインコートを着ていた由羽ちゃんの服を、玄関の明かりをつけてから確認する。
「いっぱい移動させちゃってごめんね。雨に濡れたりしてない？」
「ぬれてない！」
　元気に返事をした由羽ちゃんが言ったとおり、身につけている服に濡れた箇所は見当たらない。
　ころころとした小さな手も冷えてないみたいで、内心胸を撫で下ろす。
　風邪引いちゃったら大変だもん。
　かくいう私は、由羽ちゃんに気をとられすぎて肩を濡らしちゃったんだけど、仕方ないよね。着替えよう。
　荷物を玄関付近に下ろし、由羽ちゃんに手を洗わせてから問いかける。
「由羽ちゃんもハンバーグ好き？」
「うん、だいすき！」
「ほんと？　じゃあ、晩ご飯はハンバーグにしよっか」
「やったぁ」
　嬉々として、由羽ちゃんは笑顔を弾けさせた。
　よかった。今日のメインはハンバーグで決まりだ。
　初めは由羽ちゃんが好きなオムライスにしようかと思ってたんだけど、名良橋くんが大のハンバーグ好きだったことを思い出して、病院の帰りにスーパーに寄ってハンバーグの材料を調達したんだよね。
　由羽ちゃんがハンバーグを好きじゃない場合も考慮し

て、一昨日使い切っていた卵も一緒に購入したんだけど。
「あ、そうだ。由羽ちゃんも一緒に作る？」
「つくりたい！」
「ふふ、わかった。由羽ちゃんが作ってくれたって知ったら、にーに絶対喜ぶよー」

　ハードな練習を終えて、待っているのは妹が作った大好きなハンバーグ。
　妹想いの名良橋くんが喜ばないはずがない。
　名良橋くん、どんな反応するのかな。
　眉間にシワを寄せつつもうれしさを滲ませるのかな。満面の笑みで由羽ちゃんを褒めるのかな。
　それとも、もっと他の反応を見せるのかな。
「どんな反応にしても、楽しみだなぁ」
　由羽ちゃんが作ったという喜びの中で、私が名良橋くんの好みを覚えていてハンバーグを作ることにしたと気づいてくれたら、私はうれしい。
「じゃあ準備するから、由羽ちゃんはテレビ見て待っててくれる？」
「うん！」
　テレビをつけて子ども向け番組にチャンネルを合わせてから、私は張り切ってキッチンに立った。

「ねーね、できたっ」
　由羽ちゃんのうれしそうな声が室内に響いた。
　膝立ちでテーブルに向かう由羽ちゃんの手には、小さな

手で丸められたハンバーグのタネ。
　いびつだけど、一生懸命形作ったのがわかる。
「ほんとだ、すごいねぇ！　それは由羽ちゃんの？　それともにーにの？」
　満足げな由羽ちゃんに尋ねると、彼女はお皿にハンバーグを置いて私を指した。
「これはねーねの！」
「えっ、私の分も作ってくれたの!?」
　う、うれしすぎる……！
　名良橋くんが来たら真っ先に伝えたい案件だよこれは！
「ありがとう由羽ちゃんーっ」
　ハンバーグを作っているせいで、手が汚れているのが恨めしい。
　本当なら、今すぐ由羽ちゃんの頭を撫でて抱き締めてしまいたいところなのに！
　──ブー、ブー……。
　うずうずしている私のポケットの中で、スマホが振動し始めた。
　わ、タイミングわる……！
　丸めていたタネをお皿に置いて、慌ててテーブルの上の濡れた布巾で手を拭く。
　取り出したスマホの画面には、名良橋くんの名前。
「もしもし」
《もしもし、俺だけど》
　外にいるのか、電話の向こうで微かに雨音がしている。

《今、やっと練習終わった。ミーティングして、30分くらいでそっちにつくと思う》
「お疲れ様。了解です」
　こんな会話を交わすたび、毎回むずがゆくなるんだ。
　名良橋くんが来てくれる。名良橋くんを待っていられる。
　むずがゆいけど、うれしい。
「あのね、由羽ちゃんがとってもうれしいこと言ってくれたの。うちについたら、一番に聞いてくれる？」
《なんだよ、気になるじゃん。今じゃダメなのか？》
「ダメ。ついてからのお楽しみ」
　今言ったら、晩ご飯がハンバーグだってバレちゃうもん。
　拒否した私に、名良橋くんが不満そうに声を漏らす。
《ついたら絶対に聞かせろよ》
「あはは、約束するよ。じゃあ、あとでね」
　電話を切って、今度はスマホをベッドに投げ出す。
　ポケットに入れてると座りにくいんだよね、実は。
「にーに、もうすぐ来るって」
「ほんと？」
「うん。だから、もうちょっとだけ待ってようね」
　名良橋くんの帰りを伝えた途端、由羽ちゃんの表情がぱあっと明るくなった。
　2人になることが不満だという由羽ちゃんに手を焼いてるって名良橋くんは言ってたけど、なんだかんだ由羽ちゃんもお兄ちゃんのことが大好きなんだなぁ……。
「もういっこできたっ。これは、にーにのだよ」

「わ、きれいにできたね！　にーに、絶対おいしいって言ってくれるよ」

　タネを全部ハンバーグの形にしたら、ここからは完全に私の仕事。

　由羽ちゃんにはテレビに戻ってもらい、私はキッチンへ。

　それから、フライパンを火にかけた。

「えーと。お米はもう炊いてあるし、タネを作るのと一緒にスープは作ってあるし……。あとはハンバーグ焼いて、サラダを作るだけだ」

　前回と似たようなラインナップのような気がするけど、仕方ない。

　なんてったって、メインはオムライスとハンバーグ。

　サラダとスープの他に作るべきものがあるんだとしても、料理歴の浅い私にはわかんないもん。

「名良橋くん、早く来ないかなぁー」

　由羽ちゃんがテレビに夢中なのをいいことに、こんな独り言まで漏らしてみる。

　名良橋くんへの気持ちを自覚したときは、つらくて苦しいだけの……苦い恋だって思った。

　でもそれは、思い違いだったのかもしれない。

　待ち受ける運命は何も変わってないし、これから変えることもできない。

　だけど、交わす会話の中に幸せを見出すことはできる。向けられる笑顔に、胸を高鳴らせることだってできる。

　名良橋くんとの出会いは、まさに青天の霹靂。

愛しくて切なくて涙が出るほどの想いを、死に直面してから知るなんて、夢にも思ってなかったよ。
「終わりなんて、来なければいいのに……」
　フライパンに由羽ちゃんが作ったハンバーグを滑らせると、油が音を立てて跳ねた。
　冷蔵庫の中から野菜を取り出し、焼く作業と並行してサラダを作る。
　サラダを器に盛りつけてハンバーグをすべて焼き終えたころには、名良橋くんとの通話を終えてから既に40分が経過していた。
「にーに、おそいねぇ」
「そうだねー。何かあったのかな」
　お皿を並べたテーブルの前に座って、チャイムが鳴るのを待つ。
　ミーティングが長引いてるのかな。
　ありえるよね、急きょ練習の時間が延びるくらいだし。
　でも、それなら連絡をくれそうなものだけど……。
　スマホを確認しても刻々と過ぎる時間が表示されるだけで、名良橋くんからの通知はない。
　小さく息を吐いて、スマホを机の上に戻した。
「由羽ちゃん、お腹空いたでしょ？　先に食べる？」
　きゅっと口を引き結んで、由羽ちゃんが首を振った。
　その眉間には、わずかにシワが寄っている。
　……そうだよね。あと少しで会えると思っていたお兄ちゃんがなかなか現れなかったら、不安だよね。

加えてこの雨。遠くで、雷の音も聞こえている。
「じゃあ由羽ちゃん、お絵かきでもして——」

待ってようか。続く言葉は、律動的に震え始めたスマホによって封じられた。

名良橋くんかな!?

飛びつくようにスマホを手に取り、画面を確認すると。
「……高野くん?」

表示されていたのは私たち2人が心待ちにしている彼ではなく、名良橋くんと同じで部活終わりのはずの高野くんの名前だった。

なんだろ……?

名良橋くんじゃなかったことに落胆した自分に気づきつつ、電話に出る。
「もしもし、高野くん?」

由羽ちゃんからの視線を受けながらも高野くんを呼ぶけど、応答がない。

不思議に思ってもう一度声をかけると、消え入りそうな声が聞こえた。

聞いて、スマホが手から滑り落ちた。

全身から力が抜けていくのがわかる。
「ねーね? どうしたの?」

心配そうな由羽ちゃんの問い掛けにも、すぐに応えることができない。

どうして。

さっき、電話で話したのに。

30分くらいでそっちにつくって言ったのに。
ついたら、由羽ちゃんが言ってくれたことを教えるって約束したのに。
窓の外がピカッと光り、辺り一帯に雷鳴が轟く。
《名良橋が、事故った》
神様は、どこまでも意地悪だ。

第3章
third angel

◊

最後の瞬間まで

　高野くんが教えてくれた名良橋くんの搬送先は、私が通っている病院と同じところだった。
　奇しくも1日に二度訪れることになった病院のロータリーにタクシーを停めてもらい、お釣りを受け取る時間ももどかしく外に出る。
　車内に残っていた由羽ちゃんを抱きかかえて病院の玄関に向かうと、自動ドアのガラスの向こうに私たちの到着を待ってくれている彼の姿を見つけた。
「高野くん！」
　ドアを通り抜け、雨で肩を濡らした高野くんに駆け寄る。
　一般の診察時間をとっくに終えた病院のロビーは薄暗く、緊急事態なんだということを否が応でも突きつけられる気分だった。
「由羽ちゃん、おいで」
　私の腕から由羽ちゃんを引き取り、高野くんは大股で歩き始めた。
　その背中が話す。
「まだ治療中で、名良橋が今どういう状況なのかは俺たちもわかってないんだ」
　俺たちも……。ということは、他にも駆けつけている人がいるんだ。
　静かな廊下をいつもの倍ほどのスピードで歩き続けた先

に、処置室と、駆けつけている他の人物の姿はあった。
「あ……！」
　イスに座って頭を垂れていた人物が、私たちの足音に気づいて真っ青な顔を上げた。
　この人、どこかで……。
　記憶に引っかかったその人の恰好を見て、ピンとくる。
　高野くんと同じ、バスケ部のクラブジャージ姿。
　間違いない、足を痛めた高野くんにテーピングをするとき部室にいた先輩だ。職員室に数学の質問をしに行った先輩とは、別のほうの。
　その向こうには、男バスの顧問と教頭先生の姿もある。
　私が取り乱したら、由羽ちゃんが不安になる。そう思って気を張っていたけれど、高野くんの手に由羽ちゃんが渡って一気に力が抜けた。
「……どうして」
　へたり込んだ床の冷たさを感じた瞬間、もう二度と立ち上がれないような感覚に襲われた。
「あいつさ。ミーティングが終わった瞬間に部室を飛び出して、走って帰っていったんだ」
「え……？」
「この土砂降りの中、傘差して走って。……交差点の信号が赤なのを見落として、車とぶつかったみたいだ」
　嘘、でしょ……。
　普段は冷静沈着な名良橋くんが、そんなことをするなんて。あまりの衝撃に、言葉を失う。

雨が降りしきる中……名良橋くんは走ったんだ。

練習で疲れてるはずなのに、傘を差して、信号を見落とすほど無我夢中で。

その道の先にはきっと、私の住むアパートがあった。

「……っ」

涙の堤防が決壊した。

次から次へと流れてくる雫が頬を濡らす。

「……言っとくけど。早坂さんが責任感じる必要はないからね」

高野くんの気づかわしげな声に、頷く。

わかってる。ここで、「私のせいだ」なんて傲慢を言うような悲劇のヒロインになるつもりはない。

「それで、名良橋くんの容態は……？」

嗚咽交じりに聞くと、イスに座る先輩が真っ青な顔のまま私に視線を向けた。

「上半身からの目立った流血はなかった。朦朧とする中で、足が痛いって訴えてたよ」

不意に話を引き継いだ先輩を凝視すると、先輩がそっと目を伏せた。

「偶然通りかかったんだ。事故の瞬間は見てない」

ぽつりぽつりと、前に会ったときからは想像もできないような静かな声が無機質な床に落とされる。

「ミーティングが終わっても、ほとんどの部員が部室に残って喋ってた。でも俺は、先に１人で帰ることにしたんだ。駅に向かって歩いてたら、遠くの交差点にパトカーと救急

車が停まってるのが見えて」

　この場にいる全員が、先輩の話に静かに耳を傾ける。

　きっと状況を理解できていない由羽ちゃんでさえ、口をつぐんでいる。

「そのときは、事故があったんだって思っただけで……。でも、通りすぎて帰ろうとした俺に野次馬の1人が声をかけてきて……あなたと同じジャージを着た男の子だったって言われて」

　切れ切れに話す先輩の声は、誤魔化しようのないくらい揺れていた。

「俺、びっくりして。ちょうどストレッチャーが救急車に乗り込むところだったから慌てて確認したら……由貴だった」

「……っ！」

　そのときの衝撃はどれほどのものだっただろう。

　雷が落ちた、なんて表現ではきっと足りない。

「近くにいた警察官に後輩だってこと伝えたら、クラブジャージで学校はすぐに特定できたから連絡は入れてあるって教えてもらって。搬送先の病院は見つかったけど付き添いがいないって言うから、誰もいないよりはマシだと思って救急車に乗せてもらったんだ」

　先輩が言葉を切ったタイミングで、高野くんが口を開く。

「先輩が、救急車の中から俺に連絡くれたんだ。バスケ部の同期でも一番仲良いし、中学から一緒だって知ってくれてたから」

返事の代わりに頷く。
　高野くんと名良橋くんの仲のよさは、２人に関わる人なら誰にでも伝わる。
　だからこそ、２人が険悪だったときは怖かった。
「俺は他の先輩たちと部室で喋ってたんだけど、連絡もらって慌てて部室を出たんだよ。そしたらちょうど、先生たちも搬送先の病院に向かうとこでさ。車で、一緒に連れてきてもらったんだ」
　先生が運転する車の中で、高野くんは私に連絡をくれたという。
　そのとき、遠くからバタバタと慌ただしい足音が近づいてきていることに気づいた。
　その足音が２人のものだとわかったのは、その持ち主が姿を現す数瞬前のことだった。
「まま、ぱぱ！」
　由羽ちゃんの声に振り返ると、名良橋くんたちのお母さんが、スーツ姿ですぐそこに立っていた。
　その隣には、こちらもスーツを着た長身の男の人。由羽ちゃんの言葉から、２人のお父さんなんだと認識する。
「由羽っ」
　お母さんが高野くんの腕から由羽ちゃんを引き取り、ぎゅうっと抱きしめた。
　イスから立ち上がった先生たちとお父さんが、軽く挨拶を交わす。
「それで、息子は……」

お父さんが先生から状況の説明を受けている間、なんとか立ち上がった私にお母さんが向き直った。
　そして、ボロボロと涙を流しながら、由羽ちゃんにしたのと同じように私を強く抱き締めたんだ。
「ごめんね、早坂さん。まだ高校生のあなたに親子で頼って、こんなに怖い思いをさせて……！」
「そんな……」
　なんて強い人なんだろう。
　事故に遭った名良橋くんのことが何よりも心配なはずなのに、彼の容態を聞くよりも先に私に気を向けてくれた。
「気にしないでください。私が、名良橋くんの力になりたかっただけだから……」
　涙ながらに首を振ると、お母さんは私を抱き締める力をそっと強めた。
　温もりが、名良橋くんと重なる。
「あっ」
　誰かが声を上げた。考えるよりも先に処置室のほうを向くと、固く閉ざされていた扉が開いていた。
　医療ドラマのワンシーンの如く、中から濃紺のスクラブを着た先生が出てくる。
「先生、名良橋は……！」
　高野くんが詰め寄ると、先生は険しかった表情を和らげて名良橋くんの容態について述べ始めた。
「左足首の骨折と少々の擦り傷ですね。うまく受け身をとったこととリュックがクッションになったことが幸いしたよ

うで、命に別条はありません」
　命に別条はない。その言葉を聞いて、場の緊張が少しだけ解れた。
「骨折は後日手術を行うことになりますが、リハビリをすれば元どおりに動くようになると思います」
　先生の言葉にほっと息をつく。
　元どおりにってことは、またコートを駆け回ることができるわけだ。
　よかった。形は違うけれど、名良橋くんが私と同じように涙をのむことにならなくて。
「事故のショックからまだ意識が戻っていませんが、恐らく一過性のものと思われます。面会はご家族の方に限らせていただきたいのですが、会われますか？」
　間髪入れずに返事をしたのは、いまだ涙を流したままのお母さんだった。
「では、病室にご案内します」
　由羽ちゃんを抱いたお父さんとお母さんは私たちに深々と頭を下げてから、救急病棟に連れられていった。

「びっくりしたよね」
　言いつつ差し出されたミルクティーを受け取って、声が出ない代わりに小さく頷く。
　ロビーにあるイスに腰掛ける私の隣に、高野くんは息を吐きながら座った。
「でも、思ったより軽く済んでよかったよ。本気で……死

ぬんじゃないかって思ったから」
　これには私も、首を縦に振った。
　事故の様子なんて何もわからなかったタクシーの中で、何度もその考えを思い浮かべては必死に振り払ったんだ。
　視界の端で膝の上に作られた高野くんの拳が震えていて、唯一無二の親友を失いそうになった彼の恐怖を私に教える。
「……」
「……」
　お互い無言になり、長く重い沈黙が私たちの間に流れる。
　どれくらいそうしていただろう。
　その沈黙を破ったのは、私だった。
「私……死ぬことほど怖いものはないと思ってたの」
　掠れた声をなんとか絞り出し、言葉を紡ぐ。
「自分の死期を知ってるから、それ以上に怖いことなんて起こらないって思ってた」
「……うん」
「でも、そんなことなかった。自分が死ぬのとはまた違う、でも同じくらいの恐怖があるんだって思い知らされたよ」
　近しい人がこの世からいなくなるかもしれないという恐怖を、身をもって体感した。
　身が擦りきれるような思いだった。
　こんな思いは二度としたくないと思った。
　だけど。
「今度は私が、同じような苦しみを……ううん、もっと確

かな苦しみを、みんなに与えることになるんだね」
「……っ」
　名良橋くんの事故を、こんなふうに自分に結びつけるべきではないのかもしれない。
　でも、一瞬ではあるものの残される側の立場になって……改めて考えてしまったんだ。
「私は本当に、みんなと一緒にいてよかったのかな」
　受け取ったペットボトルを包む両の手に、きゅっと力を込めた。
「……いい加減、自己中になったほうがいいよ、早坂さん」
　高野くんの声にイラ立ちが含まれる。
　顔を上げて高野くんのほうを見ると、彼は真っ直ぐに私を見ていた。
「早坂さんはどうなの？　俺らと一緒にいて、後悔してんの？」
　首を振ったのはほぼ反射だった。
「後悔なんかするわけ……！」
「だったら！」
　突然荒げられた高野くんの声に、肩が跳ねる。
　それでも、高野くんの澄んだ目は、私を捉えて離さない。
「だったら、一緒にいてよかったのかなんて言うな。俺たちの気持ちは丸ごと、早坂さんと同じなんだから」
　4月、私にとって彼の笑顔は眩しかった。
　クラスのど真ん中にいた彼は、いつも底抜けに明るくて、キラキラしてて。

いい人なんだろうなぁって、関わらなくてもわかってた。
　でも彼がそれだけの人じゃないことは、わからなかったよね。
　こんなふうに相手のことを想って怒ることのできる人なんだって、関わらなきゃずっと知らないままだった。
「俺たちが過ごした時間はプラマイゼロなんかじゃない、プラスでしかないよ。だから、同じ時間を共有した早坂さんだけはそれを否定しないで」
　優しく高野くんが微笑むから、今日何度目かの涙が溢れてきた。
「ははっ、また泣いた」
「高野くんのせいでしょぉ……？」
「褒め言葉として受け取っとくね」
　静かなロビーに、高野くんの笑い声だけが響く。
　名良橋くんの無事を確認して緊張が解けたこともあって、私もつい釣られて笑ってしまう。
　少しの間笑い声を重ね、私の涙が止まるころ。
　高野くんが、ふっと目を細めた。
「恐怖を与えることになるって罪悪感を抱くくらいなら、最後まであいつのそばでそうやって笑っててよ。俺には、それだけで十分だ」
　高野くんの言葉に、私はもう迷わない。
「うん。私も、そうしたい」
　最後の瞬間まで、名良橋くんと。
　私の返事を聞いて、高野くんが満足げに頷く。

それから、「じゃあ」と声を漏らした。
「お願いついでに、もう1つ——」

　朝、雨はやんでいた。
　頭に鈍い痛みを感じながらもなんとか支度を済ませ、冷蔵庫の中に入れてあったそれをカバンに押し込んでから家を出た。
　昼下がりのアスファルトの上には無数の水たまりがあって、靴が濡れないよう迂回して歩く。
　とはいえ頭上に広がる空は重く、帰宅するころにはグレーのスニーカーは色を変えているんだろうなぁ、と痛む頭でぼんやりと思った。
「早坂さん！」
　病院のロビーで、私を見つけた伊東くんが駆け寄ってきた。次いで、瀬川さんと高鳴さんも。
　3人には、名良橋くんが事故に遭ったことを昨日の晩のうちに高野くんが伝えていた。もちろん、ご両親の許可を得て。
「名良橋は……」
「お母さんのほうから、午前のうちに意識取り戻して一般病棟に移ったって、高野くんに連絡あったって」
　すでに面会可能であるらしいということも続けて伝えると、3人は安堵の息をついた。
「今日、高野は？」
「部活の大会。ほんとは休んでこっちに来るつもりだった

みたいなんだけど、名良橋くんのお母さんに大会に行ってほしいって言われたんだって。名良橋くんの分も参加してきてって」

3人がハッと表情を曇らせた。

高野くんと名良橋くんが1年生にして今日の大会のベンチ入りを果たしてたことを、3人も知っている。

「……会いに行こう、名良橋に」

間を置いて言った瀬川さんに、私たちは揃って頷いた。

部屋番号は、高野くん伝てに聞いて知っていた。

以前私が入院してたのと同じ広さの大部屋で、名良橋くんのベッドは窓際だった。

外から声をかけ、返事を聞いてからカーテンを開ける。

「おー、来てくれたのか」

ベッドに横たわっていた名良橋くんは、明るく私たち4人を出迎えた。

「悪いな、休みの日に」

「バカ、そんなこと言ってる場合かよ！　心配したんだからな！」

「だから悪いって」

伊東くんに支えられてゆっくり体を起こした名良橋くんの両腕は、何ヶ所も処置がされている。たぶん、先生が言っていた擦り傷だ。

先生が後日手術する必要があると言った左足は、固定されたうえに高い位置で吊るされていて、目を背けてしまい

たくなるほど痛々しかった。
「大丈夫なの？　頭とか打ってない？」
「あぁ。事故のわりに、ケガは軽く済んだんだ。やっぱあれだな、生まれ持った運動神経のおかげだな」
　高鳴さんの問い掛けに、名良橋くんは笑顔で答えた。
「明日、足の手術して……そこからは回復状態にもよるけど、若いし1週間くらいで退院できるんじゃないかって。来週には学校にも復帰できると思う」
　笑顔を崩さない名良橋くんはいつもよりずっと饒舌だ。
　伊東くんも瀬川さんも高鳴さんも、みんな同じように感じていたようだけど、誰もそのことについて触れなかった。
　当たり障りのない会話を繰り広げて15分ほどが経過したころ。
「んじゃ、そろそろ帰るな」
　不意に、伊東くんが切り出した。
　話すことが大好きな伊東くん。名良橋くんの疲れを考慮してのことだろうと、すぐにわかった。
　女子同士で顔を見合わせ、すぐに名良橋くんに向き直る。
「そうだね、名良橋の無事も確認できたし」
「入院生活が暇になったら連絡してよ。いつでも来るから」
　言い置いてカーテンの外に出ていく2人のあとに続こうと体を翻したとき、服の裾が引かれた。
　え……？
　予想もしなかったことに面食らっていると、後ろからぶっきらぼうな声が飛んでくる。

「早坂は、もうちょっといろよ」
　きゅうっと胸が鳴る。
　名良橋くんの放った言葉を聞いた伊東くんたちが、カーテンの外からニヤニヤと笑った。
「またな、名良橋」
「早坂さん、あとはお願いねー」
　ニヤニヤ笑顔のまま、３人は病室を出ていってしまう。
　ふ、２人っきり……！？
　予想外の展開に固まっていると、再び無愛想な声色で呼ばれた。
「座れば？　ベッドの下にパイプイスがあるはずだから」
　言われたとおり、パイプイスはベッドの下にあった。引いて、おずおずと腰を下ろす。
「はは、これじゃ前と反対だな」
「……」
「昨日はごめんな！　びっくりさせたよな」
　さっきのぶっきらぼうな彼はどこへやら。向かい合った彼は、伊東くんたちがいたときと同じように明るい笑顔を浮かべた。
「由羽のこと連れてきてくれたって、父さんたちから聞いた。お迎えも行ってくれたし、礼を言わなきゃいけないことばっかだな。ありがとう」
　返事をする間もなく、名良橋くんが言葉を続ける。
「試合で活躍するって自信満々に言ったくせに、活躍どころか試合会場にも行けないとかダセーよな。俺から誘った

のに、ごめんな」

　それが言いたくて私を引き留めたのか。

　確かに、みんなの前で話すような内容じゃないけどさ……。

　下手くそすぎるよ、名良橋くん。

　その笑顔が仮面だって、すぐにわかる。

「無理して……笑わないでよ」

「……っ」

　やっとの思いで紡いだ言葉に、名良橋くんの笑顔が固まった。

　刹那、その顔がくしゃっと歪む。

「俺の不注意だったから……弱音を吐くのは違うと思って」

「……うん」

「でも本当は、気持ちに折り合いつけられなくて」

　唇を強く噛んでいるその姿は、いつか梨央さんのことを話してくれたときのように弱々しい。

　仮面が、壊れた。

「せっかくチャンス掴めたのに、なんで今なんだよ……っ」

　ガーゼのあてがわれた手が、ぎゅっとシーツを掴む。

　肩を震わせながら吐露された本音。

　でもきっとこれは片鱗でしかなくて、私の知らないところで努力を重ねてきたはずの名良橋くんの悔しさや苦しさは、もっともっと大きいんだと思う。

　やり場のないたくさんの感情を抱えて、それでも涙を見

せないことが、ことさら切ない。
「……っ」
　私は、イスから立ち上がって名良橋くんを抱き締めた。
　腕の中の彼が傷を負っていることを思い出し、すぐに力を弱めたけれど。
「はや、さか……？」
「私が泣いてると、いつもこうしてくれたでしょ」
　包むから。
　あなたがそうしてくれたように。
　私のすべてで、あなたのことを包み込むから。
「これなら顔、見えないから。我慢しないで泣いていいよ」
　彼の黒髪が私の頬をくすぐる。
　いつか柔らかそうだと思ったそれは、想像どおり柔らかかった。
「……バカ、泣かねーよ」
　ふっと空気を震わせて、名良橋くんが言う。
「泣き虫な誰かさんとは違って、俺は男だからな」
「……悪かったね、泣き虫で」
「誰も早坂だとは言ってないだろ」
　言ってんじゃん、言外に。
　予想外の切り返しに名良橋くんを抱き締めながらむくれていると、シーツをしわくちゃにしていた彼の手が遠慮がちに私の背中に回された。
「ありがとな、早坂」
「……ううん」

「俺、頑張るよ。時間はかかるけど、リハビリすればまたバスケできるようになるみたいだし。……まだ１年だしな」

　最後の言葉が掠れたのには、気づかないふりをした。
　現実と向き合って、前に進もうとする名良橋くんは強い。
　私はきっと、名良橋くんのそんなところに憧れたんだ。

「これ、よかったら食べて」
　イスに座り直してから名良橋くんに差し出したのは、由羽ちゃんと一緒に作ったハンバーグ。
　受け取った名良橋くんの目がキラキラと輝いた。
「昨日作ったの。小さいほうは由羽ちゃんが作ったんだよ」
「由羽が……？」
　目を輝かせたまま、名良橋くんがまじまじとハンバーグを眺める。
　あはは、やっぱり喜んでる。
「由羽ちゃんがね、私の分も作ってくれたの。しかも名良橋くんのよりも先に」
「……もしかして、俺に聞いてほしかったのってそれ？」
「ピンポーン。まさか私のまで作ってくれると思ってなかったから、うれしくってさぁ」
　自慢げに言ってみせると、名良橋くんが不満そうに唇を突き出した。
「作るときに一緒にいたのはずるいだろ。俺がその場にいたら、絶対俺のを先に作ってた」
「そんなのわかんないじゃん。絶対なんて言い切れないよ」

「俺は３年もあいつの兄貴やってきてんだぞ。負けてたまるか」
　じりじりと睨み合い、やがて堪え切れなくなってお互いに吹き出した。
「なんでこんなことで張り合ってんだ俺ら」
「確かに！　順番なんてどっちでもいいじゃんね」
　カーテンで区切られた空間に、私たちの笑い声が響く。
　一頻り笑ってから、名良橋くんは再び視線をハンバーグに向けた。
「俺がハンバーグ好きなこと、覚えててくれてたのか？」
　穏やかな声色で尋ねられ、心臓が大きく跳ねる。
　気づいてくれたらうれしいって思ってたけど……まさか本当に気づいてくれるなんて。
　わずかに頷くと、名良橋くんの表情がまた綻んだ。
「ありがと。すっげーうれしい」
　幸せだ、と思った。
　死線を潜った名良橋くんが、ここにいる。
　名良橋くんのそばに私がいて、なんてことないことで笑い合ったり、胸を高鳴らせたりできる。
　高野くんが言ってくれたみたいに、私が望むように、当たり前のようでかけがえのないこんな時間が、最後まで続いていくといいなぁ。
「あ、そうだ。次の土曜、由羽と３人でどっか行こうって言ってたじゃん。それでさ、行きたいとこ考えてたんだよ」
　名良橋くんが話し始めた内容にぎょっとする。

「な、何言ってんの!?　そんな体で……！」
「先生は1週間くらいで退院できるって言ってたぞ」
「それは回復状態がよかったらって、さっき自分でも言ってたじゃん！　それに、今度の土曜だったらまだ1週間もたってないよ!?」
　声を荒げる私に、名良橋くんがケタケタ笑う。
「大丈夫だって。別に病気で入院してるわけじゃないんだし、外出許可の1つや2つくらいとれるだろ」
　名良橋くんの言葉に、今度は私が固まった。
　でもすぐにハッとして、平然とした態度をとる。
「じゃあ……先生の許可が下りたらね」
　ケガ具合とか心配なことはいろいろあるけど、予定をずらさずに済むならこれほどありがたいことはない。
　前倒しになるのは全然いいんだけど、先送りになってしまうと約束そのものを果たせる確率が下がっていってしまうから。
「それで、行きたいところは決まったの？」
　聞くと、名良橋くんは小さな子どもがするみたいに大きく頷いた。
「海に行きたい」
「え？」
「俺の好きなとこでいいんだろ。だったら、海がいい」
　あまりに予想外の希望だったので、思わず聞き返してしまった。
　何かもっと、ほらこう……あるじゃん。映画とか、買い

物とか。
　それらを押し退けて、なんで海？　しかも、シーズンじゃないのに。
　私の気持ちを読んだのか、名良橋くんが口を開く。
「中学３年間ずっと部活ばっかだったから、もう何年も行ってないんだよ。ショッピングモールとかはいつでも行けるし、それなら海がいいなって」
「でも、天気悪いんじゃない？　今日このあとも降るみたいだし……」
「天気は心配ねーよ。金曜夜から晴れだって」
　まさか天気予報までチェック済みとは。
　よっぽど行きたいんですね……。
「わかった。どこの海でもいいの？」
「うん、海ならどこでも」
「じゃあ、それはこっちで探しとくね。名良橋くんは、明日の手術とリハビリ頑張って、外出許可を勝ち取って」
「頑張るよ」
　名良橋くんが提案した行き先にはびっくりしたけど、私も海に行くのは久しぶりだからうれしいかも。
　名良橋くんと由羽ちゃんと、初めての遠出。楽しくないわけがない。
　当日は何を着ていこうかな。天気予報、ちゃんと当たるといいな。
　体調……大丈夫だといいな。
　そんな考えを巡らせながらも、私は心を躍らせていた。

終わりを告げるホイッスル

「やっぱり、名良橋がいないと変な感じするねー」
　お昼休み、ご飯を食べ終えた机に頬杖をついてぽつりとこぼしたのは、高嶋さんだった。
　誰からとはなしに同意の声が上がる。
「手術は無事に終わったんでしょ？」
「うん、昨日からリハビリ始めたって」
　答えたのは高野くん。昨日、部活終わりにお見舞いに行ってきたらしい。
「順調そうだね。言ってたとおり、来週から学校来れるのかな？」
「来れるんじゃない？　少なくとも、本人は行く気満々だったよ。病院で暇な時間過ごすより、授業受けてるほうがいくらかマシだって」
　高野くんが言うと、表情に心配の色を浮かべていたみんなが笑う。
　みんなそれぞれにメッセージで連絡は取ってるみたいだけど、気をつかってかケガのことには触れていないらしい。
　私も、事故の翌日にみんなで行って以降名良橋くんには会ってないし、連絡も取ってない。
　お見舞いに行かない理由は、明白。
「そんなこと言ってたんなら、もう大丈夫だな」
「案外あっさりと戻ってきそうだね」

「あはは、確かに」
　みんなの声に混じって、耳鳴りがする。それも左耳だけ。
　場の空気を読んで笑おうと思っても、ここ最近は強さを増した頭痛が邪魔をした。
　お見舞いに行かない……いや、行けない理由。それは、病状が前よりも遥かに悪化してるから。
　無理を言ってお父さんたちに通わせてもらうことになった学校には、這ってでもという心構えで登校してるけど、さすがに放課後にお見舞いに行く体力はなかった。
　それにしても、今日は起き抜けの痛みも一段と酷かったし、無理せず休めばよかったかな……。
　ぼうっとしていると、瀬川さんがにゅいっと私の顔を覗き込んできた。
　拍子に、きれいなストレートの髪が肩から滑り落ちる。
「顔色悪いけど、大丈夫？」
「あ……うん、平気」
「ほんとに？　ずいぶん痩せたようにも見えるけど……」
　言われて、太ももの上にだらんと置いた自分の手を見下ろす。
　ハリのない甲。治療をしていたころのように肉が削げ落ち、指なんて骨と皮しかないように見える。
　きゅっと唇を結んでから顔を上げた。
「ダイエットの成果が出てるのかな？　顔色が悪いのも、そのせいかも」
「早坂さん、ダイエットなんてしてるの!?」

「十分細いのに！」
　ダイエットという言葉に女子2人が食いついた。
「無理なダイエットはダメだよ？　体によくないし、下手したらリバウンドするし」
「そうそう。適度が一番だよー」
「瀬川と高鳴はダイエットしても効果なさそうだなー」
　すかさず茶々を入れた伊東くんが、瀬川さんと高鳴さんに一発ずつパンチをお見舞いされる。
　はは、仕方ない。
「……ほんとに大丈夫なの？」
　みんなに気づかれないように、こそっと耳打ちしてきたのは高野くんだ。
　病気のことも残された時間が少ないことも知っている高野くんが、私が話題に上がる前からずっと案ずるような視線を向けてくれていたことには気づいていた。
　正直、大丈夫とは言い難い状態なので、曖昧な返事をしておく。
　そんな私に、高野くんは表情をさらに険しくした。
「ついていくから、保健室行こう」
　有無を言わせない口調。
　続く言葉を、彼はあえて声を張り上げて言った。
「早坂さんってば、貧血持ちなのにダイエット頑張りすぎ。真っ青だし、念のため保健室で横にならせてもらおう」
　表向きは貧血持ちってことにしてるの、覚えててくれたんだ……。

あくまでも、貧血で。高野くんらしい、濃やかな気づかいだと思う。
「うん、やっぱりそのほうがいいよ」
「ついていこうか？」
　高鳴さんの申し出に、高野くんが頭を振る。
「俺が行くよ。もうすぐ予鈴鳴るし、杖としては高鳴より俺のほうが有能だろ？」
　確かに、と高鳴さんが引き下がる。
　2つ目の理由は本音かあとづけか。どっちにしろ、やっぱり高野くんは口がうまい。
「立てる？」
　高野くんはソツなく手を差し伸べてくれたけど、みんなの前でそれを取るのは気が引けた。
　代わりに机を支えにして、なんとか席を立つ。
「じゃ、行ってくる。次の授業、たいぽんだろ？　俺と早坂さん、保健室行ったって伝えといて」
「了解。お願いね」
　ぐるぐると視界が回る中、なんとか教室を出る。
　左耳の耳鳴りに加え、視界も霞んできた。
「かなりふらついてるけど、大丈夫？　もし厳しいようだったら、おぶっていくけど」
「……気持ちはありがたいけど、遠慮しとくね。頑張って歩くよ」
　重いからとかそんな理由じゃない。
　高野くん相手に何を今さら、と思うけど……すべてを預

けるなら名良橋くんがいいって思っちゃったんだ。
　いつか、体調の悪い私をお姫様抱っこしてくれた名良橋くんがいいって。
　気をつかってくれたのに、ごめんね。
「じゃあ、せめて腕は掴んでて。転ぶと危ないから」
　柔らかく笑って差し出してくれた腕に、小さくお礼を言って手を伸ばした。

　支えてもらいながら辿りついた保健室に入ると、松風先生が目を剥いた。
　すぐにイスから腰を浮かせ、私の元へ駆け寄ってくる。
「早坂さん、大丈夫!?」
「顔色悪いんで連れてきました。1人じゃろくに歩けません」
「ほんとね。とりあえず、ベッドに」
　誘導してくれる松風先生に続き、高野くんに支えられながら保健室の奥にあるベッドに足を向けようとしたとき。
「う……っ」
　頭に鋭い痛みが走り、吹き出すような感覚で胃の中のものが逆流してきた。
　とっさに顔をそらして、吐いたのはフローリングの上。
「早坂さん……!?」
　ダメ。もう立っていられない。
　崩れ落ちるようにその場にしゃがみ込んだ私は、吐き気のなかった突然の嘔吐に眉根を寄せた。

「ごめ……ごめんなさ……」
　頭が、割れるように痛い。
　耳鳴りは酷くなる一方だし、めまいもする。
「謝んなくていいわよ。病院に行きましょう、車手配するから」
　行きたくない。また入院しろって言われちゃう。
　嫌だと思うのに、拒む声すら出なかった。
　首を振る力もなく、ただその場で項垂れる。
「またもどしそうなら、これ使って。職員室に連絡入れるから、もうちょっとついててあげてくれる？」
「はい」
　内線のある机へと向かう松風先生の慌ただしい足音を聞きながら、フローリングを見つめる。

　ごめんね、高野くん。汚いところ見せちゃったね。服とか、汚しちゃってない？
　病院に行って、名良橋くんと鉢合わせちゃったらどうしよう。いよいよ言い訳できなくなるかな？
　瀬川さんたちもきっと心配してくれてるよね。ダイエットなんて嘘だって、見抜かれてなかったらいいけど。
　言いたいことは山ほどあるのに、何１つ声にならない。
　怖い。力が入らない。
　やめてよ。名良橋くんとの約束の日まで、もう少しなんだよ。
　あと数日くらい、待ってくれてもいいじゃん。
　真夏の刺すような日差しの下で、エメラルドブルーの海

を見たいなんて贅沢は言わない。
　でも、梅雨の合間で晴れた日の荒れた海くらい、望んだっていいじゃんか。
「うぇ……っ」
　松風先生が高野くんに渡していた、新聞紙が敷かれた嘔吐用のバケツを引っ手繰って、今度はそれに吐く。
　そのタイミングで、松風先生が私たちのところに戻ってきた。
「堀北先生が、裏門に車を回してくれるって。その様子じゃ歩けないだろうから、車イスに乗って行きましょう」
「先生、俺にできることは？」
「じゃあ、教室から早坂さんの荷物取ってきてもらえる？女の子だし、まとめるのは誰か他の子にお願いして。昇降口まで持ってきてくれたら、私が受け取るから。お願いできるかな」
「わかりました」
　松風先生に言いつけられ、高野くんが走って保健室を飛び出していく。
　車を手配するついでに応援を呼んだのだろう。入れ替わるようにして、ガタイのいい男の先生と赤メガネの女の先生がやってきた。
「来ていただいてありがとうございます。早速なんですけど、そこにある車イスを広げていただけますか」
「わかりました」
「松風先生、掃除は私がしておきますので」

「ありがとうございます、助かります」
 さすがの連携だなぁ、と意識の端っこで感心する。
 男の先生によって、車イスが私のすぐそばにつけられた。
「立てるか？」
「恐らく無理だと思います。手を貸してあげてください」
 さっきまでの私の状態を見ていた松風先生が、代わりに答えてくれる。
 男の先生は納得したように頷いて、私に手を差し出してくれた。
 すべての力を振り絞って、その手を取る。
 松風先生にも体を支えてもらって、車イスに座ることができた。
「すみませんが先生、後処理お願いします」
 赤メガネの先生に頭を下げた松風先生を見つめながら、男の先生に車イスを押されて保健室を出る。
「松風先生、裏門でしたよね？」
「はい。堀北先生が車で待ってくださってるはずです」
 裏門というところにも、先生たちの気づかいが見てとれる。正門だと、校舎によっては教室から見えてしまう。
 救急車で運ばれたことのある私が先生に付き添われて車イスで運ばれているとなると、何かしらの噂が立つのは必至。
 友達にも先生にも恵まれた。学力とかいろいろなことを加味して選んだ高校だけど、ここに来て本当によかったなぁ……。

保健室から裏口に向かうまでに、昇降口を通る。
　ちょうどそこを通りすぎるタイミングで、高野くんが私のカバンを持って現れた。
「よかった、間に合った……！」
　額に汗を浮かべた高野くんが、松風先生に荷物を渡して私に駆け寄る。
「しっかりね、早坂さん。あいつと海、行くんでしょ」
　お見舞いに行ったときに聞いたのかな。高野くんが、切なく笑って私に言う。
　わずかに笑ってみせると、高野くんの表情が歪んだ気がした。
　今私が見ている世界が歪んでいること、そして車イスが動き出したこともあって、本当に歪んだかどうかはわからない。
　真偽はわからないけど、私の見間違いだったらいいな、と思った。

　気がつくと、またも病院のベッドの上だった。
　先生と車に乗り込んだところまでは記憶があるから、たぶん車内で気を失ったんだろう。
　あれから、どれくらい時間がたったのかな……。
　いつもと景色が違うところを見ると、先生がすぐに駆けつけられるオープンスペースの病室にいるみたい。
　酸素マスクを装着されていることを認識したとき、同時にベッドサイドに人影があることに気づく。

誰だろ……。
ピントを合わせようとするけど、霞んで見えない。
だけど、私の目が開いたことに気づいたらしいその人物が、ずいっと私に顔を近づけてきた。
「由仁……！」
至近距離にある顔と声で理解する。そこにいるのは、お姉ちゃんだ。
その向こうに、もう１つのシルエット。
明らかにお父さんのものではないから、お母さんか。
「なん……で……」
「なんでって……由仁の学校の養護教諭の先生から連絡もらって来たんじゃない！　今、先生呼ぶわね」
私が目を覚ましたことを報せるべく、お母さんがベッドから離れていく。
そうか、先生から連絡がいったのか。
先生から……って、あれ？
「せんせ……って、なんて名前だっ、け……？」
顔は思い浮かぶのに、名前が出てこない。
美人だけど豪快な一面を持っている人で、入学当初は何度も彼女の元を訪れた。
私は彼女のことが大好きで、恐らく、記憶が途切れるまで一緒にいたのに。
「思い……出せな……」
思い出そうとすればするほど、記憶に靄がかかったみたいに思い出せない。

なんで？　これも……病気のせい？
「いや……っ」
「由仁!?」
　パニックに陥って酸素マスクを外そうとする私の腕を、お姉ちゃんが押さえる。
「落ちついて、大丈夫だから！」
「やだ……やだよ……」
　なんで思い出せないの。
　大好きだったことは記憶にあるのに、名前だけがぽっかりと記憶から抜け落ちている。
　こんなふうにいろいろなことを忘れて死んでいくの？
　楽しかった出来事も、つらかった出来事も。
　みんなと過ごしたかけがえのない時間も、大好きな人と笑い合った記憶さえ。
　そんなの、嫌だ。
「まだ死にたくない……っ」
　死にたくない。もっともっと生きたいよ。
　みっともなくてもカッコ悪くても、なんでもいいから生にしがみついていたい。
　それなのに、頭部を突き刺すような痛みは治まってくれないんだ。
「先生！」
　お姉ちゃんの声に安堵の色が混じった。
　瞬間、涙で滲む視界に黒木先生が映る。
「由仁ちゃん、わかるかなー？　大丈夫だからねー。ゆっ

くり息吸ってー」
　声はあくまでも穏やかだけど、この場の空気が穏やかでないことはわかる。
　何が大丈夫なんですか。
　壊れていく私の世界で、大丈夫なことなんて何もないじゃないですか。
「お願いだから帰らせて！　約束、守らなきゃ……っ」
　約束したの。
　今度の土曜、海に行こうって。
　事故に遭ってボロボロで、それでも彼は行きたいって言ってくれた。
　その約束を、私は守らなくちゃいけない。
　今までたくさん嘘をついてきたけど、バイクの後ろに乗せてもらう約束は果たせないけど、この約束だけは嘘にしたくないんだよ。
「落ちついて、大丈夫だからねー」
　宥めるような黒木先生の声が段々と遠のいていく。
　次々にせり上がってくる恐怖の中、私は再び意識を手放した。

　意識の深いところで、夢を見た。
　夢の中で桜並木を仰ぐ私は、憧れの高校の制服に身を包んでいた。
　新しく始まる学校生活。
　どんな子たちがいるのかなぁ。

緊張しながらも、これからはじまるたくさんの出会いに胸を躍らせていた。
　教室に入って、まずは出席番号が近い子と打ち解けて。
　お弁当を一緒に食べて、どこの中学校から来たのなんて言いながらどんどん仲を深めて。
　友達の友達とも友達になったりして、輪を広げて……そのうち、なんとなく気になる子ができたりしてさ。
　バスケに打ち込んで、練習が終わったら同級生や先輩たちと一緒にバカ話に花を咲かすんだ。
　……病気になってなかったら、私が実際に過ごしたのとはまったく逆のこんな日々を生きていたんだろうなぁ。
　平凡だけど幸せで、だけどその幸せにちっとも気づかないまま。
　"もしも"がこの世にあるのなら、こんな未来を生きてみたかったとも思う。
　大好きな家族と食卓を囲んで、今日こんなことがあったんだよって話す私に耳を傾けてほしかった。
　だけどもう、今手の中にある大切なものを捨ててまで、そんな毎日を欲しいとは思わないんだ。

　重いまぶたを持ち上げると、お姉ちゃんが心配そうに私の顔を覗き込んでいた。
　なんか、デジャヴ……。
「由仁、気がついた？」
「……うん」

「よかった」
　視界はもう鮮明で、お姉ちゃんの泣き腫らした顔がよく見える。
　それでもきれいなお姉ちゃんは、やっぱり私の自慢だ。
　お母さんはそばにいないみたい。
「先生、呼ばなくていいの……？」
「うん。パニックを起こして気を失っちゃっただけで、今は呼吸も落ちついてるから大丈夫だって」
「そっか」
　一度シャットアウトされた頭は、妙な冷静さを取り戻していた。
　ここは病院。私が今いるのは、ベッドの上。
　うん、もう大丈夫。
「ねぇ……お姉ちゃん」
「なぁに？」
「たぶん、このまま……入院、だよね」
　お姉ちゃんは眉をハの字にして、否定も肯定もしなかった。布団の中から私の手を出して、ぎゅっと握ってくれる。
「入院してちゃんと元気を取り戻したら、きっと元の生活に戻れるよ」
　姉妹なのに、お姉ちゃんは嘘をつくのが下手だなぁ。
「退院したら、一緒にお買い物行こう。由仁の誕生日、もうすぐだよね。なんでも好きなものプレゼントしてあげるから」
「誕生日とか関係なく、結構プレゼント貰ってるよ……？」

「いいの。女の子にとって、16歳は特別でしょ」
　名良橋くんも同じこと言ってたっけ。
　女の子のほうが16歳の誕生日にありがたみを感じるとかなんとか。
「じゃあ……欲しいもの、考えとくね……」
　切れ切れに言うと、お姉ちゃんは私の手を握ったまま優しく笑った。
「由仁、好きな人でもできた？」
　唐突に聞かれて、私は言葉を失った。
　そんな私の反応を見て、「やっぱり」とお姉ちゃん。
「なんとなーくそんな気がしたんだよね。ずいぶんかわいくなったし」
　かわいくなったって……生気のない今の私が？
　言葉の信ぴょう性はともかく、好きな人がいることは当たってるから、お姉ちゃんってすごい。
「どんな人なの？」
　お姉ちゃんの恋の話はよく聞いていたけど、自分の話をするのは初めてだった。
「ぶっきらぼうで……思ったことは結構すぐに口にしちゃう人」
「あはは、何それ」
「でも不器用なだけで、ほんとは優しくて、妹想いで真っ直ぐで……」
　彼のくしゃっとした笑顔が頭に浮かぶ。
「すごくすごく、強い人」

精一杯の笑顔を見せて言うと、お姉ちゃんがちょっとびっくりした顔をする。
　でもそれは、すぐに微笑みに戻る。
「素敵な恋を見つけたんだね」
「うん」
　この恋が世界で一番だとは思わないけれど、私にとっては世界で一番特別な恋なんだ。

　明日急ぎの荷物を持ってくる、と言い残してお母さんとお姉ちゃんが帰ってから、黒木先生が顔を覗き込んできた。
「さっきね、由仁ちゃんのお母さんと話をしてたの」
「……」
「承諾を得て、このまま入院してもらうことになったわ。ここまで悪化してる以上、由仁ちゃんの願いはもう聞けない」
　嫌だって言いたかったけど、黒木先生の眉間に寄せられたシワがそれを阻んだ。
「……わかりました」
　こう何度も倒れていては、まわりに迷惑をかけるだけだ。
　今まではずっとワガママを聞いてきてもらったけど、限界がある。
　でも……。
「一日だけ……土曜日だけ、外出許可を貰えませんか？」
　お願いします、と掠れた声で懇願した。
　それを、黒木先生は一蹴(いっしゅう)する。

「ダメよ。今の由仁ちゃんの状態で、外出許可は出せない」
「そんな……っ」
「自分の不調は、自分が一番わかるでしょ？」

　諭すように言われ、私はぐっと言葉をのみ込んだ。

　耳鳴りは相変わらず続いていて、これは私にとっての、試合終了のホイッスルなんじゃないかと思う。
「今日はもう遅いから、明日、一般の病室に移動してもらうわね」

　私の返事を待つことなく、先生は去っていった。

　着替えなどを持ってきてくれたお母さんとお姉ちゃんに付き添われて一般の病棟に移るころ、症状はかなりマシになっていた。

　２人が帰ってから、体を起してベッドから下りる。

　……大丈夫そうだ。

　試しにカーテンで区切られたスペースの中を歩いてみても、少々足取りは覚束ないものの、ちゃんと歩ける。
「……よし」

　ベッド脇に置かれていたカバンから薄手のパーカーとスウェットを取り出し、できる限り素早く着替えた。

　着替えが入っていたカバンの隣には学校のカバンも置いてあって、その内ポケットにはアパートの鍵がちゃんと入っている。

　学校のカバンに一緒に入れてあったお財布の中には、買い物をして帰ろうと思って入れていた５千円札。

記憶が正しかったことを確認して、お財布をカバンの中に戻す。
「あとは……」
　確認すべきは、残り1つ。でも、それはここにはない。
　気分は、さながらスパイといったところ。
　このミッション、絶対に成功させないと！
　意気込んで、私は病室を出た。

　エレベーターで2つ下の階に下りて、ある病室のネームプレートを確認する。
　よし、病室はそのままだ。
　看護師さんたちに怪しまれることなく目的地についたけど、これで任務完了じゃない。
　ゆっくりと歩みを進めていくと、クリーム色のカーテンは開いていた。
「あれ？　早坂？」
　よかった、いた……。
　ベッドの上で、名良橋くんは退屈そうに本を読んでいた。
　私の来訪に気づいて閉じられたその表紙には、【リハビリ患者のための本】と書かれている。
　久しぶりに会う名良橋くん。腕などに傷は残っているものの、包帯やガーゼはほとんど取れている。
「お前、学校は？」
　怪訝そうに聞かれて、ハッとする。
　そうだ、今日は平日！

しかもまだ学校がある時間……！
「ね……寝坊しちゃったからサボった！　みんなには秘密ね！」
「何だそれ」
　とっさの言い訳に、名良橋くんが呆れたように笑う。
　よかった、信じてくれたみたい……。
「つーか、来てくれるなら連絡くれればよかったのに」
「あ……うん、確かにそうだね。ごめん、すっかり忘れてた」
　まさか、連絡できなかったとは言えない。
「いや、俺は全然いいんだけどさ。さっきまでリハビリ行ってて、ここにいなかったから」
　移動には、車イスではなく松葉杖を使っているらしい。ベッド脇に、私じゃ絶対に使えないようなサイズの松葉杖が立て掛けられている。
「……っていうか早坂、ずいぶんラフな格好だな？」
　ギクッ。名良橋くんの純粋な感想は、私の心臓を縮み上がらせた。
　入院用に見繕ってくれた服だから、ラフなのは当たり前。
　それでも、一番マシなのを選んだつもりだったんだけど。
　冷静を装い、名良橋くんに笑顔を向ける。
「この雨で、服がなかなか乾かなくて……」
「ずっと雨だもんなぁ。1人暮らしで、洗濯も自分だろ？　大変なのはわかるけど、ちゃんと飯食ってるか？」
「え……」
「ちょっと……いや、かなり痩せたように見えるけど……」

なんなの名良橋くん！　今日、やけに鋭いね！
　心の中で悲鳴を上げてみても、声に出せるはずもなく。曖昧に笑って誤魔化しておいた。
「まぁ、とりあえず座れよ」
　促され、ベッドの下のパイプイスを取り出して腰かける。
　少しの間のあと、「そういえば」と名良橋くんが口火を切った。
「午前の診察で、外出許可もらった」
　よほどうれしかったのか、Vサインを向けて名良橋くんは私に言う。
　嘘、ほんとに……!?
　手術から、まだ４日しかたってないのに！
「すごいよ名良橋くん、ほんとに許可もらえちゃうなんて！」
「いや、俺もまさかOKもらえるとは思ってなかったから、正直びっくりした」
「思ってなかったの!?」
　あんなに自信満々だったのに……とジト目で見ても、笑って流された。ずるい。
　でもこれで……最後の１つを確認できた。
　あと少しで、ミッションオールクリアだ。
「じゃあ明日は約束したとおり、由羽ちゃんと３人で海に行こう」
　何がなんでも約束を果たすんだ。
「ここから電車で１時間くらいのところにね、海辺の町が

あるの。昔家族で行ったことがあるんだけど、すっごくきれいなんだ。そこに行こうと思うんだけど、どうかな」
　私が尋ねると、名良橋くんは間髪入れずに頷いた。
「すっげー楽しみ」
　いつも大人びた名良橋くんが子どもみたいに目を輝かせたので、小さく吹き出してしまう。
　そうすると今度は不本意そうにむくれたから、私はまた笑った。
「待ち合わせは……学校の最寄り駅のホームでもいいかな？　方向的に、向こうなの」
「あぁ。わざわざ早坂にこっちまで来てもらうの、申し訳ねーしな」
　違うの、名良橋くん。私が元気なら、手間とか関係なく病院まで迎えに来るよ。
　でもそれができないのは、私の悪巧みがバレて病院に連れ戻されるのを恐れてるからなんだ。
「電車の到着時間がわかったら連絡するよ」
「わかった。じゃあ10時半を目安に、駅のホームで落ち合おう」
　約束を取りつけるというミッションを完遂させると、名良橋くんは大きく頷いた。

キミが流した涙

　名良橋くんが言ってたように、約束の日は昨日までの雨が嘘のような快晴だった。
　起床時間に起きて、いつもどおり激しい頭痛を感じながら、いつもどおり朝ご飯を食べた。
　いつもどおりじゃないのは、そこから。
　談話スペースで看護師さんに気づかれないようタクシー会社に電話をかけ、病院のロータリーまで来てもらうようお願いした。
　できるだけ中から見えない位置に、って注文には、電話の向こうで首をかしげられたと思うけど。
　何はともあれ電話を切って病室に戻り、学校のカバンの内ポケットから回収した鍵を、キーホルダーを外して財布の中に突っ込んだ。
　服は名良橋くんの元を訪ねたときと同じ、パーカーとスウェット。やっぱり、これが一番マシだと思う。
　鍵を入れた財布は手に持ったまま、あくまでも〝売店に行くんです〟という体を装って、ナースステーションの前を素通りする。
　土曜日ということもあって、1階のロビーは混んでいた。
　細心の注意を払いつつ出入りする人に紛れ込んで病院を抜け出し、手配したタクシーに乗り込む。
　行き先に指定したのは自宅のアパート。

タクシーを使うと、アパートと病院は結構すぐだ。
　ついてから運転手さんに、出掛ける支度をするので待機しておいてもらえますかと尋ねると、運転手さんは快く承諾してくれた。
　ゆっくりでいいとまで言ってもらえたけど、あんまり待たせるわけにはいかないので、部屋に上がって急いでシャワーを浴びた。
　それから髪を乾かして、前もって選んでおいた服に着替える。仕上げに、お姉ちゃんに貰った桜色のチークを頬に乗せた。
　保険証などの重要な物を入れている引き出しの中から、いまだに持ち歩くのは緊張する1万円札を抜き出し、慌だしく家を出る。
　外で煙草を吸って待ってくれていた運転手さんは、あまりに戻るのが早かったので驚いていた。
　今度は行き先に待ち合わせ場所である最寄り駅を指定し、タクシーを出してもらう。
　駅につくころには、ちょうどいい時間になっていた。
　支払いを済ませて、タクシーを降りる。
　すっかり使い慣れた駅の改札を通って、病院とは逆方向のホームに向かった。

　静かなホームのベンチに座ったとき、ポケットの中のスマホが震えた。
　見ると、名良橋くんからメッセージ。

【32分につく】
　うーん、なんとも名良橋くんらしい文面。
【同じ車両に乗るね。どこ？】
【一番後ろ】
【わかった】
　いや、私も人のことあんまり言えないな。
　もっとかわいい絵文字とかつければよかったんだけど、完全に意識になかった。
　名良橋くんが乗ってるの、一番後ろか。
　ここは前のほうだし、早めに移動しておこう。
　そう思って立ち上がった瞬間、見ている風景がぐにゃりと曲がった。
　思わず、浮かせた腰を元に戻す。
「……っ」
　昨日もさっきまでも、調子よかったのに……。
　でも、ここで諦めちゃダメだ。
　せっかく病院を抜け出したんだもん。
　あともうちょっとで、名良橋くんとの約束を果たせるんだもん。
　スマホの時計が31分になって、ホームにアナウンスが流れる。
　気を奮い立たせて今度こそ立ち上がり、スマホの電源を落とした。
　ホームに乗り入れた電車は、土曜だというのに案外空いていた。

すぐに、松葉杖を持った名良橋くんの姿を見つける。
「名良橋くん！」
　声をかけると、名良橋くんも私に気づいたようで目をぱちくりさせた。
「……何、その反応？」
「あ、いや……」
　首をかしげて問うと、名良橋くんが口元に手をやって言いにくそうに唇を動かす。
「いつもと感じちげーなって思って」
　ぽんっと顔が熱くなるのがわかる。
　今日の私は、シフォン素材のトップスにフレアスカートと甘めで固めていて、新鮮さを感じるのもわかる。
　でも、そういう名良橋くんだっていつもと雰囲気が違う。
　胸の部分にロゴが入った白のTシャツに、スウェット生地の細身の黒いズボン。どちらも、同じスポーツブランドのものだ。
　足元は、別のスポーツブランドのスニーカー。左足はギプスだけど。
　服だけでもシンプルでおしゃれなのに、体格がいいから余計にかっこよく見える。
　そういえば……名良橋くんの私服見るの、初めてだなぁ。
　電車が動き出し、空いていた名良橋くんの隣に座ったところで、ふとあることに気づく。
「あれ、由羽ちゃんは？」
　約束だと、由羽ちゃんも一緒だったはずだ。

首をかしげると、名良橋くんが理由を説明してくれた。
「今日は梨央が見ててくれてる」
「梨央さんが？」
「見舞いに来てくれたときに、今日のこと話したんだよ。そしたら、あんたがそんなんなのに由羽ちゃん連れていくのは大変でしょって。保育園に預ける手もあったけど、せっかく言ってくれてるから頼んできた」
　名良橋くんの口元が緩んでいる。
　告白して玉砕したって梨央さんは言ってたけど、ギクシャクとかはしてないみたい。
　そんなことで揺らぐほど、２人の仲は脆(もろ)くないんだよね、きっと。
「この各駅停車の電車で行くのか？」
「まさか！　２駅先で乗り換えるよ」
　ついたらご飯にしよう！　なんて食い意地の張ったことを言ったら、呆れたように笑われた。

　運よく空いた席に座り、揺られること１時間弱。ようやく、目的の町についた。
　きれいに整備されていないコンクリートのホームに降り立ち、私たちは大きく息を吸い込む。
「潮の匂いがする」
「あ、ほんとだ。海、近いもんね」
　電車を降りる前から海は窓の外に見えていて、名良橋くんの目はずっと輝きっぱなしだった。

ずっと病院にこもってたからってのもあるんだろうけど、今日の名良橋くんは一段とテンションが高い。
「とりあえず、駅出よっか」
「あぁ。飯にしようぜ」
「飯って……さっき私が言ったらバカにしたくせに」
「別にバカになんてしてねーよ」
　松葉杖をついた名良橋くんと並んで、改札を目指す。
　っていってもICカードや切符を処理する機械はなく、駅員さんに処理してもらうんだけど。
「名良橋くん、ICカード貸して。一緒に渡しちゃうから」
「あ、うん。頼む」
　名良橋くんからカードを受け取り、自分の分と一緒に駅員さんに手渡す。
　駅員室の中で処理してもらってから、改札を通った。
「すげぇ。俺、駅員さんにやってもらうの初めてだ」
「近所だとなかなかないもんねー」
「1時間電車に乗るだけで、結構違うんだな」
　なんでだろう。名良橋くんといると、不調が嘘だったみたいに体が軽い。
「何食べる？　って、あんまりお店なさそうだけど……」
　駅前ですら閑散とした雰囲気が漂っていて、人の姿はほとんどない。
　あそこに定食屋さんがあるけど、今は閉まってるっぽいしなぁ……。
　これは想定外。どうしよう、と頭を抱えかけたところで、

名良橋くんが私の名前を呼んだ。
「早坂、あそこにラーメン屋あるぞ。看板出てるし、営業してるんじゃないか？」
　名良橋くんが指した方向に目を凝らす。
　じぃーっと見据えて、遥か前方にラーメン屋さんの看板を確認できた。
「よくあんな遠いとこの看板見えたね」
「目だけはいいからなぁ」
　顔も性格も全部いいですよーと思ったけど、口には出さない。
「じゃ、お昼はラーメンにしよっか」
「おう」
　湿気のせいでムシムシした空気の中、ラーメン屋さんを目指して海と平行に続く道を歩き始める。
　松葉杖ってただでさえ大変そうなのに、加えてこの暑さ。
　名良橋くん、大丈夫かな……。
　隣の名良橋くんの顔を見上げると、彼は額に汗を浮かべている。
「車イス、借りられなかったの？　松葉杖ってきついでしょ？」
「先生にも勧められたけど、断った」
「なんで？」
　追及すると、彼は表情を渋くした。
「いいトレーニングになると思ったんだよ。……でもまさか、こんなにきついとは思わなかった」

これには笑いを堪えずにはいられなかった。
　　お腹を抱えてゲラゲラと笑い始めた私を置いて、名良橋くんは先に行ってしまう。
「あっちょっと！　笑ってごめんって。拗ねないでよー」
「……拗ねてねーし」
　いやいや、言い方が拗ねてるじゃないですか。
　　大股で慌てて追いかけ顔を覗き込むと、唇を尖らせてやっぱり彼は拗ねていた。
「名良橋くんって、ほんとにストイックだよねぇ」
「早く戦線復帰したいからな」
　　名良橋くんの額から、汗が弾ける。
　　彼の漆黒の瞳は、ただ前を見据えていた。
「そうだよね。せっかく、ベンチ入りできたんだもんね」
「まぁ、それもあるけど……」
　　間を置いて、それから決心したように口を開いた名良橋くん。
「早坂が転校する前に、バスケしてるとこ見せないとだからな」
　　名良橋くんの純粋な思いが痛い。
　　頑張る理由になるには、私は不義理なことばっかりしてきたのに。
　　そして今日また、不義理なことを言おうと思ってたのに。
「そう……だね……」
　　名良橋くんのことを思って言うなら、今だった。
　　両親が海外から帰ってきて、転校が早まったんだ。荷造

りとかで忙しくなるから、学校には行けなくなるんだ。
　……言わなきゃいけなかったのに言えなかったのは、名良橋くんと過ごすこの時間が、楽しくてしょうがなかったから。
　楽しい雰囲気が壊れてギクシャクするのは目に見えてたから、言葉が喉の奥に引っ込んじゃったの。
　やっと辿りついたラーメン屋さんは、比較的新しかった。
　中に入ると空調が効いていて、汗がすうっと引いていく。
　私たちの他にお客さんはいなかったので、入ってすぐの席につき、向かいに座った名良橋くんとメニューを見る。
「いいよ、私のほう向けなくても」
「俺、逆さの字読むの趣味なんだよ」
「嘘ばっかり」
　お冷を持ってきてくれた店員さんにお礼を言ってからメニューを順に追っていくと、あまり見かけないラーメンが目につく。
「ねぇ名良橋くん、塩バターラーメンだって」
「ほんとだ。聞いたことあるけど、ある店に来たの初めてだ」
「私も」
　机に身を乗り出した私たちは、お互いに顔を見合わせる。
　そして彼は、にやりと口角を上げた。
「え、嘘でしょ？」
「お前が先に言い出したんだろ」
「それは物珍しさからで……」
　頼むかどうかはまた別。私の言葉を遮るように、名良橋

くんが奥にいる店員さんを呼んだ。
「塩バターラーメン２つお願いします！　１つは麺大盛りでー！」
　注文を受けた店員さんから、元気な声が返ってくる。
　う……嘘でしょー!?
　慌てて注文を変更しようと思っても、候補すら決めていなかったので変更のしようがない。
　ラーメンを作る工程がどんなものなのかは知らないけど、厨房ではもう作り始めている雰囲気だし、今から考えて頼み直すなんてできない。
「恨んでやる……」
「はは、こえーって」
　ギロっと睨んでみても、名良橋くんはまったく悪びれた様子を見せない。
　それどころか、おかしそうに笑ってるからムカつく。
「大丈夫、絶対おいしいって」
「何を根拠に……」
　あまりに自信満々に言うから何か理由があるのかと思えば、名良橋くんは変わらず自信満々に「ない」と笑った。
　ツッコむ気も失せるよ……。
「誕生日ってさ、ケーキ食べるじゃん」
　おもむろに口を開いた私を、名良橋くんが真っ直ぐに見つめる。
「小学校何年生のときだったかな、ホールケーキじゃなくて小さいケーキだった年があって」

「うん」
「ケーキ屋さんのケーキって、難しい横文字で何がなんだかわかんなくてね。せっかくケーキ屋さんで買うのに普通の"チョコレートケーキ"は嫌だったから、オシャレな名前の茶色いケーキを買ってもらったんだ」
　今でも覚えてる。表面がツヤツヤの、丸いケーキだった。
「食べるのが楽しみで、お母さんには申し訳ないけど、夕飯にリクエストしたおでんの味、あんまり覚えてない」
「誕生日におでんリクエストってすっげーツッコみたいけど、まぁいいや、続けて」
　えぇ続けます。
　ちなみにおでんをリクエストしたのはネタじゃないから、ツッコまれても困る。
　誕生日にリクエストするほどのおいしさなんだから。うちのお母さんのおでんを食べたら、名良橋くんも絶対唸ると思うね。
「でね、食後にそのケーキを食べたの。歌なんていいからって家族全員を急かして。それで、やっとケーキにありついたんだけど」
「うん」
「チョコだと思ってたそのケーキ、実はコーヒーのケーキだったんだ」
　今度は、名良橋くんが吹き出した。
　さっき松葉杖の件で笑った仕返しのように、盛大に。
「ちょっと。これ、笑うとこじゃないからね？　食べたかっ

たチョコケーキが食べられないのと、代わりに食べるには大人すぎる味だったっていうダブルパンチで、そのときすっごく泣いたんだから」

　お母さんがフルーツタルトと交換してくれたけど、当時の私の凹みようは相当のものだった。
「あれからどうもコーヒーが苦手で。あのときもし、普通の"チョコレートケーキ"を買ってたらどうだったんだろうって、今でもときどき思うんだ」

　コーヒーとの出会いにケーキを介していなかったら、私は今、大のコーヒー好きだったかもしれない。
「過去にそんな大失敗をしたことがあるから、迷ったときは無難な物を選ぶって決めてるの」

　塩バターラーメンなんて、自分じゃ絶対に選ばないものだった。

　頬杖をついた名良橋くんが、「へぇ」と声を上げる。
「俺とは逆だな」
「そうなの？」
「あぁ」

　お冷に口をつけ、渇いた喉を潤してから名良橋くんが話し出す。
「昔、すごい好きな駄菓子があったんだ。ほらあるだろ、100円玉握り締めてコンビニ行ったらいくつか買えるような安いやつ」

　あったあった。当たりつきのやつとかね。
「ずっと同じのばっかり買ってたんだけど、なんか飽きて

きてさ。試しに、パッケージが禍々(まがまが)しくて友達も誰も買わないようなやつを買ってみたら、すっげーおいしかったんだよ」
「へぇ、発見だ」
「そう。なんでも自分で感じてみないとわかんないもんなんだなーって思って」

　今度は私が、グラスに入った水を流し込む。

　キンキンに冷えたそれは、汗の引いた体には冷たすぎるくらいだった。

「名良橋くんが塩バターラーメンを頼んだ理由はわかったけど……私を巻き込んだ理由にはなってないからね？」
「あ、やっぱり？」

　そのタイミングで運ばれてきた、大きさの違う2つのラーメン。

「お待たせしました！　こちらが普通のサイズの塩バターラーメンです」

　目の前に置かれたどんぶりの中のスープには、しっかりとバターが浸かっている。

　対する名良橋くんのほうは、もう少し大きなバター。

「ん、箸」
「……ありがと」

　うぅー、ここまできたら仕方ない。

　名良橋くんから割り箸を受け取って、ラーメンに手をつける。

　名良橋くんと同じタイミングで麺とスープを口に入れ、

固まった。
「お、おいしいじゃん。早坂、どうだ？」
　頼んだラーメンが気に入った様子の名良橋くんに問いかけられ、私は視線をゆっくり上げた。
　それから、声にならない声で「すっごくおいしい」と言うと、彼は満足げに笑った。

　ラーメン屋さんを出てから、海に向かった。
　辿りついた砂浜には、連日降り続く雨の影響か海藻や流木なんかがたくさん打ち上げられていたけど、波は案外穏やかだった。
　真上から続く鮮やか青と、いつも同じ場所でどしっと構えている深い青。
　それら2つを分ける水平線を、道路と砂浜を隔てるコンクリートの上に立って、2人でじっと眺めた。
「……」
「……」
　約束、ちゃんと果たせてよかった……。
　しばらく無言で海を見つめていると、突然名良橋くんが顔を覗き込んできた。
「なぁ、もっと海のほうまで行ってみようぜ」
「えっ」
　松葉杖なのに!?
　止めようと思っても、もう遅い。
　ただでさえ足を取られる砂浜なのに、名良橋くんはずん

ずん海のほうへと歩いていく。
　もう、名良橋くんったら……。
　濡れても知らないからね。
　ふうっと息をついて名良橋くんのあとを追おうとした、そのときだった。
「……っ」
　混ざるはずのない青が、私の世界で混ざり合った。
　打ち寄せる波の音のほかに、甲高い音が聞こえる。
　なんでよ……。今の今まで、平気だったのに……。
「……っう」
　お願い、もうちょっとだけでいいから……私に時間をちょうだい。
　ぎゅっと目を閉じて、視界をリセットする。
　病は気から。大丈夫、大丈夫だ……。
　まるで呪文のように、心の中で繰り返す。
「早坂、何やってんだ？　お前も早くこっち来いよ」
「……うん！　今行く」
　名良橋くんの呼び掛けにできる限り明るく応えた。
　転ばないように気をつけながら、すでに波打ち際に到達している彼の元へと歩みを進める。
　彼は、波が来ないギリギリのところで地面と睨めっこしていた。
「ここまで来たんなら浸かりてぇ」
「さすがにそれはやめときなよ？」
「わかってるよ」

なんて口では言ってるけど……頭の中では、どうやったら不自由な体で安全に海水に触れられるかを考えてるに違いない。
「……」
　柔らかい黒髪が潮風になびくのをぼうっと見つめていると、不意に顔を上げた名良橋くんと視線が絡んだ。
「ん？」
　ふっと微笑んで、名良橋くんが首をかしげる。
　すぐに、心臓が早鐘を打ち始めたのがわかった。
　その仕草は……ずるいと思う。
「なんでもないよっ」
　赤面しているであろう顔を隠すように、体を翻して砂浜に足跡をつけていく。
　砂が足に絡みついて、ものすごく歩きにくい。
　名良橋くん、松葉杖でよく歩けるなぁ……なんて思っていると。
「うわっ」
　背後で、名良橋くんが声を上げた。
　びっくりして振り返ると、名良橋くんが砂浜に倒れ込んでいる。
　転んだの!?
「なっ、大丈夫!?」
　距離はさほど離れてなかったので慌てて駆け寄ると、彼はごろんと仰向けになって私に手を伸ばした。
　……起こせってことか。

「しょうがないなぁ……って、え!?」
　伸ばされた手を取って起こそうとしたら、逆に引っ張られた。
　瞬間、私の世界が反転する。
　視界を埋め尽くす、名良橋くんの白シャツ。
　鼻に届くのは、出会ったときと同じ爽やかな匂い。
　全身に感じるのは……私のものではない体温。
「な……」
　あまりに突然の出来事に、声が出ない。
　今私は、砂浜の上に寝転ぶ名良橋くんの上にいて、抱き締められている。
　これは、もしかしなくても……。
「ハメたね……?」
　私を抱き締める逞(たくま)しい腕の中で名良橋くんを見上げると、彼は楽しそうに笑った。
「迫真の演技だったろ?」
「タチ悪いなぁ……」
　名良橋くんがいるとはいえ、砂まみれになっちゃったじゃんか。
　むうっとむくれてみるけれど、伝わる体温が心地よくてすぐに起き上がろうとは思えない。
「……ありがとね、名良橋くん」
「何が?」
　唐突な感謝の言葉に、名良橋くんは怪訝そうに問い返す。
「入学してすぐのころ……ずっと1人でいた私を、みんな

の中に引き入れてくれたでしょ」

　腕の中で目を閉じて、そう遠くない過去を振り返る。

　あの日あの瞬間、名良橋くんと保健室で会わなかったら……私は今、ここにいなかったかもしれない。

「初めは、なんて強引なのって腹も立ったけど……ものすごく感謝してるんだ」

「感謝とか、大袈裟だろ」

「大袈裟じゃないよ。私にとって、ものすごく大きな出来事だった」

　誰とも関わらずに生きていこうと決めた。

　感情に蓋をして、頑丈な鍵をかけた。

　その鍵を真っ向から壊しにくる人が現れるなんて、思ってなかったんだよ。

「みんなと過ごす時間が、本当に幸せだった。モノクロだった毎日に、名良橋くんが色をくれたんだよ」

　好きなんて絶対に言わない。

　でもせめて、感謝の言葉くらいは伝えたい。

「本当にありがとう。私、名良橋くんに出会えてよかっ——」

　言い終わる前に、世界がまた反転した。

　砂浜の熱を背中に感じるけど、砂浜に手をついて私を見下ろす名良橋くんに意識が集中している。

　これ、どういう……。

　状況を飲み込む前に、陰になった名良橋くんの顔がゆっくりと近づいてきた。

　唇が触れる。そう思った瞬間、名良橋くんの目が切なく

細められた。
「今生《こんじょう》の別れみたいなこと言うんじゃねーよ」
　噛み殺すように言った名良橋くんの唇が、私のそれと重なった。
　私の熱と名良橋くんの熱と、日差しの熱が混ざる。
　二度目のキスに含まれた意味を、私は理解することができずにいた。
　ただ1つわかるのは……二度目の口づけには、胸を切り裂くような切なさが伴っているってことだ。
「……」
「……」
　ゆっくりと、名良橋くんの熱が離れていく。
　放心状態で砂浜の上に寝転ぶ私の前から退いて、彼はそっぽを向いた。
「……絶対に謝らねぇからな。お前が、突然変なこと言うから悪いんだ」
「な……何その責任転嫁っ」
「うるせー」
　左足を庇うようにして名良橋くんは立ち上がり、またずんずんと先を歩いていく。
　変なこと言うからって……普通口で塞ぐ!?
　こっちにだって心の準備とかいろいろあるんですけど！
　頭の中で論点がずれつつあることにも気づかず、名良橋くんを追いかけようと立ち上がって、ついた砂を払う……つもりだった。

「……いっ」
　だけどその瞬間、頭につんざくような痛みが走り、私はその場にうずくまる。
　耳鳴りが酷い。意識が朦朧とする。
　さっきみたいに目を瞑ってみても、まぶたの裏の真っ暗でさえ歪んで見える。
「な……はしく……」
　蚊の鳴くような声で呼ぶと、彼の背中が振り向いた。
「……早坂？」
「……っ」
　痛みが一層酷くなり、砂浜に膝をつく。
「早坂！」
　名良橋くんがもう一度名前を呼んだのとほぼ同じタイミングで、全身の力が抜け、私はついに砂に倒れ込んだ。
　何度も私の名前を繰り返す名良橋くんの声が徐々に遠退き、やがて意識は完全に途絶えた。

　ゆらゆら揺れる世界の中、もうダメかも……って、本気で思った。
　もうすぐ、誕生日だったのになぁ……。
　誕生日に特別な思いはなかったはずだけど、"女の子にとって16歳の誕生日は特別"論に見事洗脳されちゃったみたい。
　私も16歳になりたいって、つい願っちゃったよ。
　私はまだ15歳なのに、名良橋くんは16歳。

そのたった1歳の差が、ものすごく大きく感じたんだ。

　手のひらに温もりを感じ、薄く目を開いた。
　高い天井に、クリーム色のカーテン。
「……早坂？」
　大好きな人の声が聞こえる。
　声のしたほうに視線を向けると、そこにいた名良橋くんは、ひどくやつれているように見えた。
　視線が絡んで、彼はやっぱりやつれた様子で息をつく。
　伝わる名良橋くんのものらしき温もりは本物で、どうやら自分はまだ生きているんだと知る。
「名良橋……くん」
　酸素マスクをつけているせいでこもっている私の声。
　次第に意識がはっきりしてきた。私、名良橋くんの前で倒れたんだ……。
　心配かけてごめんね。徹夜で映画見たのが悪かったのかな。貧血が酷くて、意識飛ばしちゃった。
　とっさに言い訳を用意して放とうとした私を、名良橋くんが追い抜く。
「……全部、聞いた」
　……え？
　目を見張って、ベッド脇にいる名良橋くんを見る。
　これでもかってくらい、心臓が跳ねたのを感じた。
「病院に駆けつけたお前のご両親が……さっき、全部教えてくれたんだ。病気のことも……余命のことも」

眉間にシワを寄せて、何かを堪えるように言葉を並べていく名良橋くん。
　知られ、ちゃった……。
　失うことを怯えていた名良橋くんに、絶対に知られたくなかった秘密を。
「なんで、ボロボロの体で病院抜け出したりするんだよ」
　私の右手を握る力が、ぎゅうっと強められる。
「なんで、自分の体より約束を優先させるんだよ。なんで……っ」
　違う、こんな顔させたかったんじゃない。
　名良橋くんには、何も知らずに笑っててほしかったのに。
「転校……するんじゃなかったのかよ」
「……」
「余命とか、なんだよそれ。意味わかんねーよ……！」
　堪えかねたように涙の雫が一粒、名良橋くんの頬を滑り落ちた。
「……っ」
　名良橋くんが、泣いた。
　事故に遭って苦しんでいたとき、男だから泣かないって言った。
　そんな彼が……泣いたんだ。
　私が与えてしまった痛みの大きさを思い知る。
「ごめん……。ごめんね……」
　壊れたロボットみたいに、ただ謝り続ける私。
「嘘ばっかりで、ごめんなさい……っ」

名良橋くんと過ごす日々の中で、私はたくさんの嘘をついた。自己防衛のための、救いようのない嘘ばかりを。
　そんな自分勝手な嘘が、今こうして名良橋くんを苦しめている。
　大好きな人を、苦しめてるんだ。
　その事実が、私には耐え難かった。
「……確かにお前は、たくさんの嘘をついた」
「……」
「けど俺は……全部が嘘だなんて思わねーよ」
　ぽろぽろと涙を流したまま、同じように視界を滲ませている私の頭を優しく撫でてくれた。
「俺らが過ごしてきた時間は、何1つ嘘なんかじゃなかっただろ？」
　すべて知って、それでも名良橋くんは肯定してくれるの。
　私の宝物である平凡で輝かしい日々が、名良橋くんにとってもそうだって自惚れてもいいのかな。
「ねぇ、名良橋くん。最後にワガママ、言っていいかなぁ」
　名良橋くんが握り続けてくれているのとは逆の手で、目元をごしごしと拭う。
　今まで、何度も何度も名良橋くんの前で涙を見せてきたから、最後くらいは笑っていたいと思ったの。
「なんだって聞いてやるから……だから、最後だなんて言うな……」
　名良橋くんの顔がさらに歪む。
　さよならの前に名良橋くんのこんな姿を見られたことを

うれしくも思うけど、私はやっぱり笑顔が好きだ。
　何を考えているのかわからないようなポーカーフェイスも嫌いじゃない。
　漆黒の瞳も柔らかい短い黒髪もゴツゴツした手も、筋肉質なその腕も。
　全部ぜんぶ愛おしくてたまらないのに、私たちの進む道は分かれてる。
「最後まで、そばにいてくれないかなぁ……」
　私の命が尽きる、その瞬間まで。
　物理的には無理でもいい。ただ、気持ちをそばに感じたいんだ。
　笑って言うと、目を真っ赤に充血させた名良橋くんが「バカ」って呟いた。
「そんなの当たり前だろ？　頼まれなくてもそうするっつーの」
　頼まれなくてもだって。へへ、うれしいな。
　こんな状況でも加速するなんて、恋心ってやつはすごい。
「じゃあ、俺のワガママも聞いてくれるか？」
　とめどなく溢れる涙をそのままに、名良橋くんがくしゃりと笑う。私の、一番好きな名良橋くんだ。
　返事の代わりに頷くと、彼は頬を緩める。
「ずっと、そばにいてほしい」
　それこそ……そんなの当たり前だよ、名良橋くん。
　桜が散って、空がうんと高い夏が訪れる。
　青葉はやがて紅く染まり、じきにどこか寂しさを感じさ

せる冬になる。
　はらはらと降り積もっていた雪が溶けたかと思えば、枝先の蕾がまた芽吹く。
　そんな愛おしい世界を、これからも生きていくキミのそばに。
　私が、いなくなっても。
　姿形が見えなくなっても。
　ずっとずっと、そばにいるから。
　一緒に紡いだ思い出は、いつまでも色褪せることなんてないって信じられる。
　名良橋くんがくれたものすべてが、永遠に私の心の中で生き続けるの。
「絶対ぜったい、幸せになってね」
「まぁ、心配かけねー程度にうまくやるよ」
「あはは、名良橋くんらしいや。……約束ね」
　強がりじゃなく、心から名良橋くんの幸せを祈るよ。
　そして私は、キミだけの天使になる――。

16歳の天使

【由貴side】
　苦しくも愛しい季節が、今年もまたやってきた。
「あれから……もう16年になるんだな」
　波打ち際にしゃがみ込んで、抱えていた花束を水に浮かべる。
　雲ひとつない青空の下でそれが波にさらわれていくのを眺めながら、隣で立っている礼服姿の高野が声を漏らした。
　今日……6月28日は、かけがえのない時間を共有した早坂由仁の誕生日であり、命日だ。
「今年はなんの花にしたの？　早坂さんへのラブレター」
「……茶化してんじゃねーよ」
「はは、ごめんごめん。でも、気になるのは本当だよ。毎年、違う花を選んでるんだろ？」
　高野が言っているのは、俺が毎年この日に、早坂と訪れた海に流す花のことだ。
「カーネーション」
「へぇ、無難なとこいったね。花言葉は？」
「誰が教えるか」
"あなたに会いたい"
　沖に流されていく赤に込めた想いを受け取るのは、1人だけでいい。
「それにしても似合わないよね、名良橋と花って」

おかしそうに言われるのは癪(しゃく)だけど、それは自分でも思うことなので受け流しておく。

ただの願望なんだ。

どれだけ頑張っても、俺は地平線の向こうに行くことはできない。

だからこそ、願いを込めた花束なら、空の上にいるあいつの元に届くんじゃないかって。

「なぁ、高野」

「ん？」

「俺はあのころ……ちゃんと最善を選べてたかな……」

あいつと共有したかけがえのない時間に想いを馳せ、俺は真上に広がる真っ青な空を仰ぎ見た。

高校1年の春、俺たちは出会った。

同じクラスになった早坂との間に接点はほとんどなかったけれど、俺はあいつに対してイラ立っていた。

クラスメートの誘いを断って保健室で昼飯を食べていたり、かたくなに親睦会に参加しようとしなかったり。

これから同じクラスとしてやっていくのに、なんでそんなに1人になろうとするんだよって。

イラ立ちながらもあいつのことが気になってしょうがなかったのは、今は幸せそうにしている幼なじみの梨央に、あいつが重なって見えたから。

夜逃げする直前の梨央に感じた、危なっかしさや儚さ。それらに似たようなものを、早坂にも感じたんだ。

梨央がいなくなって、俺は自分を何度も責めた。
　様子がおかしいことに気づいていたのに、なんで何もしてやれなかったんだろうって。
　もしかしたら救えたかもしれない。救うとまではいかなくても、心を軽くすることくらいはできたかもしれない。
　考えれば考えるほど、後悔や罪悪感が俺を苛んだ。
　同じ後悔を繰り返したくなかった俺は、無意識のうちに早坂を目で追っていた。
　普段は口を引き結んでいるくせに本当は感情豊かだったり、１人でいようとするくせに俺が困っていると助けてくれたり。
　新しい一面を知るたびに、早坂が醸し出す哀愁にイラ立って、不安になって……つい、あいつの腕に手を伸ばしてしまった。
　掴んだ腕があまりに細くて、掻き立てられた不安はとうとう口からこぼれ出た。
『お前、いなくなったりしねーよな？』
　また何もできずに失うんじゃないか。
　救いようもなく早坂と幼なじみを重ねて、すがるように尋ねた。
　そんな俺を映した瞳を一瞬揺らし、早坂がくれた答えは、"いなくならないけど、いなくなる"だった。
　夏に転校することが決まっている。昔から転校を繰り返してきた。どうせ離れることになるから友達は作らない。
　続けて並べられたあいつの言葉を、俺は一寸たりとも疑

わなかった。

　そして、転校までの時間を早坂が1人で過ごす理由なんて、それらの中のどこにもないと思った。

　転校を繰り返してきて、繋がりが切れてしまった経験があるのかもしれない。

　でも、そんなのどうだっていい。

　今までのやつらがどうだったとしても、俺は絶対に繋がりを切ったりしない。

　たとえ地球の裏側にいても、会おうと思えば会えるんだ。

　どこの空の下を歩いているかさえ、知っていれば。

　その後、有無を言わさず俺たちのグループに引き入れても、早坂はもう拒んだりしなかった。

　早坂はすぐに打ち解け、俺たちはよく6人で行動を共にするようになった。

　そのときはまだ、早坂に対する感情は友情の域を越えていなかった。

　早坂を意識しはじめたのは、校外学習のときだった。
『水槽が突然壊れて水で埋め尽くされるとしたら、どうする？』

　魚たちが優雅に泳ぐ水槽トンネルを眺めながら、そんな質問をなんとなく投げかけた。

　今思い返してみても、どうしてこんな考えが浮かんだのかわからない。ましてや、それを喉の奥に留めておかずに声に乗せた理由など。

　こんな脈絡のない問いに、返答なんてあるはずがない。

だから、早坂の凛とした声が耳に届いたときはびっくりした。
『何がなんでも、名良橋くんだけは助かってもらうかな』
　真っ直ぐに水槽を見上げる早坂の横顔に、目を奪われた。
　それと同時に、俺の中で早坂が友達以上の存在になったのを感じたんだ。
　そのときはまだ、いろいろな感情が胸の中を駆け巡った意味を理解できなかったけれど、理解できないなりに早坂のそばにいたいと思った。
　遠く離れることになっても、それでもいい。
　俺は繋がりをなかったことになんてしないから、未来の約束をしよう。
　そう思って、大学で免許を取得するつもりだったバイクの後ろに乗ってほしいと言った。
　早坂と一緒に過ごすようになってからもずっと拭えずにいた不安を、なんとかして消し去りたかったんだ。
『私を乗せるまで誰も後ろに乗せないって……約束して！』
　そう言った早坂が流した涙の意味を俺が知ったのは、もっとあとになってからだった。
　早坂の不調を端々に感じながらも、貧血とか風邪なんていう嘘を、バカ正直に信じていたんだ。
　早坂のお見舞いに……と訪れた病院で待っていたのは、思わぬ再会だった。
　高野が早坂を連れ出し、俺と梨央は２人きりで他愛もない話に花を咲かせた。

幼なじみとの時間はとても懐かしくて、心の底からうれしかった。
　梨央との話を終え、2人を呼び戻そうと談話スペースを覗いたときだった。
　俺の目に飛び込んできたのは、抱き合う早坂と高野の姿だった。
　幼なじみとの再会がうれしくて浮かれていたから、その衝撃は余計に大きかった。
　何者かに頭を強打されたような、そんな感覚。
　真っ黒な靄に心を覆われ、俺は逃げるようにその場から立ち去った。
　そこでようやく理解したんだ。
　俺は、早坂のことが好きなんだって。
　自覚したら、早坂のいいところすべてが、好きなところとして変換された。
　欠点すら、愛おしいと思った。
　初めての感情に戸惑いもしたけど、世界に当たり前に溢れている恋という感情が、とても温かいものであることを知った。
　それなのに、あのころの俺は救いようのないくらいガキだったから。
　余裕なんてこれっぽっちもなくて……まわりに八つ当たりして、揚げ句の果てには、やり場のない熱情を早坂にぶつけた。
　冷静になって、とんでもないことをしてしまったことに

気づいた。

絶対に嫌われた。そう思った。

対峙して、何を言われるかはわからない。

責められて、詰られるかもしれない。

拒絶されるかもしれないという恐怖はあったけど、どれも謝らなくていい理由にはならなかった。

文面なんかじゃなくて、ちゃんと直接謝ろう。

そう思っていた俺に、早坂は会って話したいと言った。

一緒にいた梨央が想いを打ち明けてくれたときも、俺のど真ん中には早坂がいて、心が動くことはなく。

『ありがとう』と『ごめん』のあとに、"他に好きな人がいるんだ"と心の中でつけ足した。

梨央の元を飛び出して早坂の家に向かう時間すら、じれったく感じたなぁ。

駅から走って早坂の家に向かうと、あいつはタチの悪い新聞勧誘の男に絡まれていた。

冷静に対処しねーとって思いながらも、怒りを抑えるのに必死だった。

会ったらすぐに謝るという予定は、見事にぶち壊された。

新聞勧誘の男を撃退してから、説教したっけ。

1人暮らしなんだから気をつけろって言っただろ、って。

それから、話の核心に迫って謝ろうとした俺を早坂が制した。

嫌じゃなかったことを謝られたくないって。

そのときはいっぱいいっぱいで気づかなかったけど、こ

れ、結構な殺し文句だよなぁ……。

大会を見に来る。誕生祝いに一緒に出かける。

そのとき交わした2つの約束に、俺は柄にもなく心を躍らせた。

八つ当たりしてしまったことをみんなに謝ってから、高野には改めて詫びを入れた。

同時に早坂に抱く淡い恋心を吐露すると、高野は少し切なそうに笑ってから、俺を応援すると言ってくれた。

その言葉に嘘らしきものは見当たらなくてホッとした半面、親友に当たってしまった罪悪感は完全に消えなかったんだ。

みんなに誕生日を祝ってもらった16歳の誕生日は、今でもよく覚えてる。

持ち寄ってくれたお菓子を結局みんなで食べて、バカみたいに笑って。

何気ない時間が、本当は一番幸せだった。

バカな俺は、その幸せがいつまでも続いていくと思ってたんだ。

だけど、歯車は突如として狂いはじめた。いや、本当はずっと前から狂っていたのに、俺が気づかなかっただけだったのかもしれないけど。

出場機会を与えてもらったら絶対にいいところを見せようと思っていた大会は、会場に赴くことすらできなかった。

俺の不注意だった。

雨が降りしきる中、信号が赤なのにも関わらず車道に飛

び出してしまった。

　意識が朦朧とする中、曇天から容赦なく落ちてくる雨粒を睨んだ。そして雫が俺を濡らすたび、これは現実なのだと突きつけられた。

　コンクリートの冷たさを感じながら手放した意識が再び戻ったとき、俺は病院のベッドの上にいた。

　多忙な父さんと母さんが、揃って俺の顔を覗き込んでいて、まだ小さかった由羽も異様な空気を察知したのか、不安そうにしていた。

　ケガの具合について聞かされてから、早坂がここまで由羽を連れてきてくれたことを知った。

　由羽のお迎えを請け負い、家で食事まで用意してくれていた早坂。

　来るはずの俺が一向に姿を見せなくて、きっと不安な思いをさせた。

　申し訳なくて、事故の翌日にみんなで様子を見に来てくれたとき、早坂を引き留めた。

　でも俺は、きつい練習を重ねて勝ち取ることができた試合の出場権を失ったショックから、うまく振る舞うことができなくて。

　本音を見抜いたあいつは、そっと俺を抱きしめてくれたんだ。

　それがどれだけうれしかったか、早坂はきっと知らねーんだろうなぁ……。

　持ってきてくれたハンバーグは、ファミレスや水族館で

食べたものより、ずっとおいしかった。
　くだらない言い合いをして、そのくだらなさに気づいて笑い合った。
　でもやっぱり俺は、3人でハンバーグを作ったら、由羽は俺の分を先に作ってくれると思うんだよ。
　なんて言ったらあいつは、そんなのわかんないじゃんって怒るんだろうな。
　そうだよ、わかんねーよ。
　だから、実際に一緒にハンバーグを作って、その勝負に決着をつけたかった。
　結果がどうであれ楽しかっただろうけど、俺が勝ったらあいつは頬を赤く染めてむくれたんだろうな。
　夏に転校すると言った早坂。
　限られた時間を無駄にしたくなくて、楽しみだった予定をなかったことにするのが嫌で、一緒に出かける約束を果たす意思を示した。
　案の定あいつは目を剥いたけど、海に行きたいという願いを聞き入れてくれたんだ。
　決して正しい願いであるとは思わなかった。
　事故のせいで体は傷だらけだったし、手術をしなければならないほど、足のケガは酷かった。
　リハビリに勤しむべきだということは十分わかっていたけれど、どうしても早坂との思い出を作りたかったんだ。
　外出許可が下りる保証なんてどこにもなかったのに、根拠のない自信のようなものが俺にはあった。

車イス、もしくは松葉杖で出かけても、早坂に負担はかけない。かからない。
　出先で問題が起こるとしたらそれは自分が原因で、すべて自己責任だと思った。
　早坂に何かが起こるかもしれないなんて、少しも考えてなかったんだ。
　手術を終えた俺の様子を見に来てくれた高野に、ケガの具合を伝えて、ついでに早坂と出かけるつもりであることを話した。
　高野はちょっとびっくりしたような様子を見せてから、最高の１日になるといいねって微笑んでくれた。
　約束の前日。パーカーにスウェット、ベッドの上にいる俺とさほど変わらない身なりで、早坂が病室に姿を見せた。
　学校にいる時間のはずだったので聞くと、寝坊してサボったのだとあいつは言った。
　もともと細身だった早坂が輪をかけたように痩せたように見えたけど、女子に体型のことをアレコレ言うのは無粋だと過去に梨央に言われたことを思い出し、深く追求はしなかった。
　このときちゃんと早坂の異変に触れていたらと、何度悔やんだことだろう。
　幸か不幸か、外出許可は下りていた。
　それを伝えると、約束は確かなものになった。
　翌日、母さんに持ってきてもらっていた服に着替え、松葉杖をついて病室を出た。

梨央が由羽を預かってくれると言ったので、海へは２人で行くことになっていた。
　急遽決まったので、早坂には電車で落ち合ってからそのことを伝え、俺たちは海辺の町を目指した。
　塩バターラーメンを食べて思い出話をしたり、砂浜で子どもみたいにはしゃいだり。
　俺に出会えてよかったなんて早坂の言葉を、唇で塞いだりもした。
　愛おしかった。幸せだった。
　幸せすぎて、気づけなかった。
　早坂が砂浜に倒れ込むまで。
　あいつの異変に、俺は気づくことができなかった。
　早坂の名前を、無我夢中で呼んだ。
　早坂を抱き上げて、その拍子にだらりと落ちた腕にあまりに生気がなくて、ぞっとした。
　震える手で救急車を呼び、それからのことは、正直あんまり覚えていない。
　病院に搬送され、早坂は処置室に運ばれていった。
　その前にある長イスに座って、俺はただ呆然としていた。
　しばらくして、海外にいるはずの早坂の両親が現れた。
　挨拶を交わしたあと俺がその場所にいる経緯を話すと、早坂の両親は目に涙を浮かべて……笑った。
　病院を抜け出してまで遊びたい友達ができたのねって。
　でも俺は、その言葉の意味をのみ込むことができなくて。
　どういうことですかと聞き返すと、早坂の両親は静かに

話しはじめた。
　早坂が脳腫瘍を患っているということ。
　数日前に倒れて、偶然にも俺と同じ病院に入院していたということ。
　昼前に姿が見えなくなり、病院で大騒ぎになっていたということ。
　そして、早坂に残された時間は少ないということ。
　1つずつ、1つずつ……。パズルのピースが、はまっていった。
　信じたくなかったけど、早坂の行動や様子は、病気だったからだと理由をつけると納得のいくものばかりだった。
　続いていくと思っていたんだ。
　穏やかに、緩やかに。早坂と過ごす時間は、ずっと続いていくんだと信じてた。
　たとえ地球の裏側にいたって、会おうと思えば会える。
　どこの空の下を歩いているかさえ、知っていれば。
　……でも。
　空の下にいないんじゃ、会うことは叶わない。
　これは現実なんだと理解した瞬間、ぞっとして、指先が冷たくなっていくのを感じた。
　早坂の両親が先生にかけ合ってくれて、病室に入った早坂のそばにいることを許してもらった。
　目を覚まさない早坂の手を握って、俺は祈った。
　早坂の体調が回復しますよう。
　明日には腫瘍なんて消えていますよう。

俺を好きになってほしいなんて贅沢は言わない。
生きていてくれるだけで、笑い合えるだけでいいから。
神様。もし、いるのなら。
俺から初恋を取り上げないでくれ。
俺たちの時間を、奪わないでくれ。
ハリのない早坂の手を握って、祈った。
手のひらから伝わる温もりだけが、かろうじて俺の理性を繋ぎ止めていた。
そうしているうちに、早坂が目を覚ました。
感情が整理できずに泣いた俺に、あいつは謝った。
嘘ばっかりでごめんなさいって……涙を流しながら、何度も。
でも、それは違う。
いくつ嘘をついていたとしても、俺たちが過ごしたかけがえのない時間は、全部本物だった。
それを言葉にして伝えると、あいつは涙を拭いて笑った。
見たこともないくらいきれいな顔で笑って、最後のワガママを声に乗せた。
その瞬間、悟ったんだ。
早坂は、これから訪れる別れを受け入れてるんだって。
たとえ強がりでも、ほんの片鱗だとしても。
自らの運命を変えることはできないという事実を、今までに何度も突きつけられてきたのだろう。
そんな早坂に、俺は笑い返した。
負けないように。

早坂の記憶に、永劫残るように。

そして、同じ願いを口にした俺に、あいつはうれしそうに笑って頷いたんだ。

しゃがみ込んだまま、打ち寄せる波に視線を移した。

波の間で、砂や貝殻が踊っている。

「ときどき不安になるんだ。俺があいつにしたことは、本当に間違ってなかったのかって」

早坂が抱えている事情なんて知らずに、のうのうと過ごしていた俺は……あいつの重荷になってはいなかったか？

あの日々に、俺は後悔していない。

でも、早坂はどうだったんだろう。

早坂の死を時間をかけて少しずつ乗り越えてきたけれど、それだけがずっと気がかりだった。

その答えを聞いてみたくて、今年はカーネーションを選んだんだ。

「……ったく。正反対のようで似てるよな、２人って」

頭上で息を吐いた気配がしたあと、横からすっと何かを差し出された。

「はい、早坂さんから。ラブレターの返事」

「……は!?」

予想だにしなかった言葉に顔を上げるけど、逆光で高野の顔はよく見えない。

ん、と促され、淡いピンクの封筒を受け取る。

「名良橋が大会前に事故に遭ったとき、頼んで書いてもらっ

たんだ。万が一、転校なんて理由が通じなかったときのために」
「なんで、16年もたって……」
「雨は気分が沈むから、絶対に晴れの日の命日に渡してくれって頼まれてたんだ。今までずっと、曇りか雨だっただろ?」

たしかに、この日が晴れている記憶はない。
16年前も、土砂降りの雨だった。
学校が終わり、松葉杖で雨に濡れながら病室を訪れた俺を出迎えたのは、衰弱しきった早坂だった。
虚ろな目で俺を捉え、『16歳になったよ』と言って笑った彼女は、その数時間後に息を引き取った。
「読んでみなよ。お前が知りたいことも、書いてるかもよ」
背中を押されて、微かに震える指先で封を開ける。
2つ折りにされていた便箋を開くと、目に飛び込んできたのは懐かしい早坂の字だった。

―――――――――――――――――――――

名良橋くんへ

お久しぶりです、早坂由仁です。
お元気ですか。
書いておいてなんですが、私はこの手紙が名良橋くんの手に渡ることが不本意でなりません。
だってこれは、私が名良橋くんたちの前から忽然と姿を

消せなかったときのために書いているものだから。
　転校なんてその場しのぎの理由が運よく通用していれば、この手紙は永遠に誰にも読まれることがないわけです。
　だから、やっぱり読まれたくなかったな。

　中学生のとき、脳に腫瘍が見つかりました。
　なんで私なんだろうってたくさん泣いたし、関係のないことに無理やり原因を見出そうとしたりもしました。毎日が真っ暗だった。
　高校に通うと決めたときも希望なんてどこにもなくて、取り戻した代わり映えのない生活を送って誰にも気づかれずに死んでいくんだと思ってた。
　でも、そんな私の世界に光が射しました。
　名良橋くん、あなたです。
　あまりに突然だったから眩しくて眩しくて、初めは背を向けてしまっていたけれど、本当はとってもうれしかった。
　ダメだってわかっていても、手を伸ばすことをやめられなかった。
　高野くんがいて伊東くんがいて瀬川さんがいて高嶋さんがいて、何より名良橋くんがいるその場所が、私が本当に欲しかったものだったのだと思います。

　そんな場所をくれた名良橋くんに、私はたくさんの嘘をつきました。
　守れない約束もしました。

そのせいで、きっといっぱい傷つけちゃったよね。ごめんなさい。
　バイクの免許を取ったら一番に後ろに乗せてって約束は、忘れてください。
　ちゃんと言っておかなきゃね。名良橋くんのことだから、律儀に守ってそうだもん。

　名良橋くんに出会えてよかったって、心から思います。
　毎日が楽しかったのも、名良橋くんのおかげです。ありがとう。
　またいつか、どこかで会おうね。ばいばい。

　早坂より

　頬を伝った涙が、砂浜にぽたぽたと落ちる。
　嗚咽を漏らす俺の肩に手を置いて、高野が穏やかな声色で言った。
「心配しなくても、お前は間違ってなかったよ。その手紙で、早坂さん本人が教えてくれただろ？」
　返事の代わりに、何度も何度も頷いた。
　俺は、早坂の重荷にはなっていなかった。
　光とさえ言ってくれた。
「お前が早坂さんを好きだったように、早坂さんもお前のことが好きだったよ。気持ちを自覚して泣いちゃうくらい

にはさ」

 海に流したカーネーションはもう見えない。

 ……いや、見えなくなったんじゃない。届いたんだ。

 ずいぶん時間がかかったけど、お互いの想いが、それぞれの元へ。

「うー、ぱー！」

「っと、修平兄ちゃんじゃ不満か？　パパは今、忙しいんだよー」

「……いいよ、高野。ほら、おいで」

 目元をごしごしと擦りながら、勢いよく立ち上がる。

 そして、ラブレターの返事とやらをジャケットの内ポケットにそっとしまい、高野が抱いてくれていた子どもを引き取る。

 その真っ白な頬を撫でながら、俺は笑った。

「もう少し大きくなったら、バイクの後ろに乗せてやるよ。ママには内緒の、約束な」

 言葉の意味も理解していない小さな手が、差し出した俺の小指を握る。

 上書きされた。でも、忘れてなんかやるもんか。

 流れていく時間の中で、何度だって思い出すよ。

 16歳の天使と過ごした、かけがえのない日々のことを。

【fin】

あとがき

　こんにちは、姫亜。改め、砂倉春待です。
　このたびは『16歳の天使～最後の瞬間まで、キミと～』を手に取っていただき、誠にありがとうございます。

　なぜかはわかりませんが、私は昔から"16歳"という響きが好きです。
　タイトルに取り入れるくらいなので、この作品を書いた当時の私も、やはり"16歳"にはただならぬ憧れを抱いていたのだろうと思います。

　そんな私の16歳は、掲げた夢に向かってがむしゃらに走っていた記憶があります。
　その夢は結果として諦めることになったけど、あのとき努力したことは決して無駄ではなかったと、この作品を通じて振り返ることができました。

　この作品には、日常の中で私自身が体験したことをたくさん詰め込んでいます。
　例えば、吊革のダルマ。
　電車の中でふとスマホから顔を上げると、赤が目に飛び込んできたんです。
　なんともかわいらしいダルマに、ほっこりしました。

もしそのとき顔を上げていなかったら、私はそのほっこりを得ることができなかった。
　最近、電車の中を見渡すとスマホを触っている人が大半を占めているように感じます。かくいう私もその１人です。
　便利な世の中だとは思いますが、そういった利器から離れてまわりを見渡してみてもいいんじゃないのかなぁと思い、作中にもダルマを出しました。
　他の実体験は、高野が自宅で骨折をした理由やチョコケーキの件です。……あれ、どんくさいことばっかりだ。

　自分の16歳はどんなだっただろう。どんな16歳にしたいだろう。
　この作品を読んだあと、そんなふうに想いを馳せていただけたら、これ以上うれしいことはありません。

　最後になりましたが、担当編集者さんをはじめとするスターツ出版の皆様。そして、この作品を読んでくださった皆様に、心から感謝申し上げます。
　またどこかでお目にかかれれば幸いです。

2018.2.25　砂倉春待

この物語はフィクションです。
実在の人物、団体等とは一切関係がありません。

砂倉春待先生への
ファンレターのあて先

〒104-0031
東京都中央区京橋1-3-1
八重洲口大栄ビル7F

スターツ出版（株）書籍編集部 気付
砂倉春待先生

16歳の天使〜最後の瞬間まで、キミと〜

2018年2月25日　初版第1刷発行

著　者	砂倉春待
	©Harumachi Sakura 2018
発 行 人	松島滋
デザイン	カバー　平林亜紀（micro fish）
	フォーマット　黒門ビリー&フラミンゴスタジオ
Ｄ Ｔ Ｐ	朝日メディアインターナショナル株式会社
編　集	本間理央　酒井久美子
発 行 所	スターツ出版株式会社
	〒104-0031 東京都中央区京橋1-3-1　八重洲口大栄ビル7F
	ＴＥＬ　販売部03-6202-0386（ご注文等に関するお問い合わせ）
	http://starts-pub.jp/
印 刷 所	共同印刷株式会社

Printed in Japan

乱丁・落丁などの不良品はお取替えいたします。上記販売部までお問い合わせください。
本書を無断で複写することは、著作権法により禁じられています。
定価はカバーに記載されています。

ISBN 978-4-8137-0406-5　C0193

ケータイ小説文庫 2018年2月発売

『もっと、俺のそばにおいで。』ゆいっと・著

高1の花恋は、学校で王子様的存在の笹本くんが好き。引っ込み思案な花恋だけど友達の協力もあって、メッセージをやり取りできるまでの仲に！ 浮かれていたある日、スマホを落として誰かのものと取り違えてしまう。その相手は、イケメンだけど無愛想でクールな同級生・青山くんで——。

ISBN978-4-8137-0403-4
定価:本体 590 円＋税

ピンクレーベル

『矢野くん、ラブレターを受け取ってくれますか?』TSUKI・著

学校で人気者の矢野星司にひとめぼれした美憂。彼あてのラブレターを、学校イチの不良・矢野拓磨にひろわれ、勘違いされてしまう。怖くて断れない美憂は、しぶしぶ拓磨と付き合うことに。最初は怖がっていたが、拓磨の優しさにだんだん惹かれていく。そんな時、星司に告白されてしまって…。

ISBN978-4-8137-0404-1
定価:本体 590 円＋税

ピンクレーベル

『16歳の天使』砂倉春待・著

高1の由仁は脳腫瘍を患っており、残されたわずかな余命を孤独な気持ちで生きていた。そんな由仁を気にかけ、クラスになじませようとする名良橋。転校すると嘘をつきながらも、由仁は名良橋に心を開きはじめ2人は惹かれ合うようになる。しかし由仁の病状は悪化。別れの時は近づいて…。淡い初恋の切なすぎる結末に号泣！

ISBN978-4-8137-0406-5
定価:本体 590 円＋税

ブルーレーベル

『あの雨の日、きみの想いに涙した。』永良サチ・著

高2の由希は、女子にモテるけれど誰にも本気にならないと有名。孤独な心の行き場を求めて、荒んだ日々を送っていた。そんな由希の生活は、夏月と出会い、少しずつ変わりはじめる。由希の凍てついた心は、彼女と近づくことで温もりを取り戻していくけれど、夏月も、ある秘密を抱えていて…。

ISBN978-4-8137-0405-8
定価:本体 590 円＋税

ブルーレーベル

ケータイ小説文庫 好評の既刊

『君が教えてくれたのは、たくさんの奇跡でした。』 姫亜。・著

喉を手術し、声が出せなくなった高2の杏奈は運命を呪い、周りを憎みながら生きていた。そんなある日、病室で金髪の少年・雅と出会う。どこか自分と似ている彼に惹かれていく杏奈だけど、雅は重い過去を抱えていて…。不器用に寄り添う二人に降り積もる、たくさんの奇跡に涙が止まらない！

ISBN978-4-8137-0212-2
定価:本体 580 円+税

ブルーレーベル

『忘れようとすればするほど、キミだけが恋しくて。』 田崎くるみ・著

知花と美野里、美野里の兄の勇心、美野里の彼氏の一馬は幼なじみ。ところが、美野里が中2の時に事故で命を落とし、ショックを受けた3人は高校生になっても現実を受け入れずにいた。大切な人を失った悲しみから立ち直ろうと、もがきながらもそれぞれの幸せを見つけていく青春ストーリー。

ISBN978-4-8137-0388-4
定価:本体 590 円+税

ブルーレーベル

『永遠なんてないこの世界で、きみと奇跡みたいな恋を。』 涙鳴・著

心臓病の風花は、過保護な両親や入院生活に息苦しさを感じていた。高3の冬、手術を受けることになるが、自由な外の世界を知らないまま死にたくないと苦悩する。それを知った同じく心臓病のヤンキー・夏樹は、風花を病院から連れ出す。唯一の永遠を探す、二人の命がけの逃避行の行方は…？

ISBN978-4-8137-0389-1
定価:本体 590 円+税

ブルーレーベル

『俺が絶対、好きって言わせてみせるから。』 青山そらら・著

お嬢様の桃果の婚約者は学園の王子様・翼。だけど普通の恋愛に憧れる桃果は、親が決めた婚約に猛反発！ 優しくて、積極的で、しかもとことん甘い翼に次第に惹かれていくものの、意地っぱりな桃果は自分の気持ちに気づかないふりをしていた。そんなある日、超絶美人な転校生がやってきて…。

ISBN978-4-8137-0387-7
定価:本体 570 円+税

ピンクレーベル

ケータイ小説文庫 2018年3月発売

『1日10分、俺とハグをしよう』Ena.・著

高2の千紗は彼氏が女の子と手を繋いでいるところを見てしまい、自分から別れを告げた。そんな時、学校一のプレイボーイ・泉から"ハグ友"になろうと提案される。元カレのことを忘れたくて思わずオッケーした千紗だけど、毎日のハグに嫌でもドキドキが止まらない。しかも、ただの女好きだと思っていた泉はなんだか千紗に優しくて…。

ISBN978-4-8137-0423-2
予価:本体500円+税

ピンクレーベル

『キミがスキ、ウソ、大キライ。』天瀬ふゆ・著

イケメンな俺様・都生に秘密を握られ、「彼女になれ」と命令された高1の未希。言われるがまま都生と付き合う未希だけど、実は都生の友人で同じクラスの朔に想いを寄せていた。ところが、次第に都生に惹かれていく未希。そんなある日、朔が動き出し…。3人の恋の行方にドキドキが止まらない!

ISBN978-4-8137-0424-9
予価:本体500円+税

ピンクレーベル

『君の消えた青空にも、いつかきっと銀の雨』岩長咲耶・著

奏の高校には『雨の日に相合傘で校門を通ったふたりは結ばれる』という伝説がある。クラスメイトの凱斗にずっと片想いしていた奏は、凱斗に相合傘に誘われることを夢見ていた。だが、ある女生徒の自殺の後、凱斗から「お前とは付き合えない」と告げられる。凱斗は辛い秘密を抱えていて…?

ISBN978-4-8137-0425-6
予価:本体500円+税

ブルーレーベル

『夏色の約束。』逢優・著

幼なじみの碧に片想いをしている菜摘。思い切って告白するが、碧の心臓病を理由にふられてしまう。菜摘はそれでも碧をあきらめられず、つきあうことになった。束の間の幸せを感じるふたりだが、ある日碧が倒れてしまって…。命の大切さ、切なさに涙が止まらない、感動作!

ISBN978-4-8137-0426-3
予価:本体500円+税

ブルーレーベル

書店店頭にご希望の本がない場合は、
書店にてご注文いただけます。